KB133918

10대를 위한
나폴레온 힐의 성공 법칙

소년들,
부자가 되다

10대를 위한 나폴레온 힐의 성공 법칙

소년들, 부자가 되다

1판 2쇄 발행 2023년 10월 16일

글쓴이 고정욱

펴낸이 이경민
펴낸곳 (주)동아엠앤비
편집 임은경
디자인 이재호
출판등록 2014년 3월 28일(제25100-2014-000025호)
주소 (03972) 서울특별시 마포구 월드컵북로22길 21 2층
전화 (편집) 02-392-6901 (마케팅) 02-392-6900
팩스 02-392-6902
전자우편 damnb0401@naver.com
SNS

ISBN 979-11-6363-670-0 (43810)

※책 가격은 뒤표지에 있습니다.
※잘못된 책은 구입한 곳에서 바꿔 드립니다.

10대를 위한 나폴레온 힐의 성공 법칙

소년들, 부자가 되다

고정욱 글

동아엠앤비

작가의 말

부자가 되는 꿈을 가져라

"학생은 꿈이 뭐죠?"

"저요? 건물주요."

"무슨 돈을 벌어서 건물주가 되겠다는 거죠?"

"로또요."

학교에 강연 갔을 때 꿈이 무엇인지 물어보면서 내가 학생들과 직접 나눈 대화입니다. 요즘 어린이 청소년들에게 꿈을 가지라고 교육하자 이런 식의 대답을 하는 것 같습니다.

부자가 되는 것은 좋은 일입니다. 돈을 갖고 있다는 것은 원하는 일을 마음껏 할 수 있다는 뜻이기도 하지만 하기 싫은 일, 껄끄러운 일을 하지 않아도 된다는 뜻이기도 합니다.

강의가 끝나면 학생들에게 이런 질문도 받습니다.

"작가님 연봉이 어떻게 되세요?"

"몇 평짜리 아파트에 사세요?"

"타는 차는 뭐예요?"

듣고 있던 선생님들은 당황합니다. 하지만 나는 아무렇지도 않습니다. 온 세상이 돈과 부와 명예에 관심이 쏠려 있는데 어린 학생들이라고 예외일 수 없기 때문입니다.

누구나 부자가 되고 싶어 합니다. 그리고 자기 분야에서 성공한 사람은 당연히 부자가 되어 있을 거라고 생각합니다. 그렇기에 학생들이 이런 질문을 하는 것입니다.

부에 관심은 많지만 어떻게 부자가 되는지를 알려 주는 사람은 별로 없었습니다. 왜냐하면 부자들이 말하지 않기 때문입니다. 비법으로 남들도 부자 되는 걸 원치 않아서이기도 합니다. 돈이 모든 사람의 사랑을 받는 이유는 모두 돈을 원하기 때문입니다. 솔직한 감정이 나쁜 것은 아닙니다. 어린이들이 어렸을 때부터 부에 대한 관심을 가지고 경제에 눈을 뜬다면 우리 사회가 좀 더 부유한 사회가 될 수 있지 않을까요?

하지만 학교에서는 경제 교육을 잘 받지 못합니다. 개인이 노력하여 경제 교육을 따로 받아야 합니다. 제가 읽은 나폴레온 힐의 <생각하라, 그리고 부자가 되어라>는 참으로 좋은 책입니다. 부자가 되는 방법을 13가지나 알려 주고 있기 때문입니다.

나폴레온 힐은 미국의 거대한 부자들을 인터뷰하고 그들이 부자가 된 방법을 소개하고 있습니다. 지금 당장 우리가 실천하면 될 만한 좋은 내용들입니다. 남의 연봉이나 자동차나 아파트 평수에 관심을 가질 시간에 나폴레온 힐의 좋은 가르침을 우리나라 청소년들이 받아들여서 매일매일 알차게 생활한다면 그들이 꿈꾸는 부는 가까이 올 거라고 생각하여 이 책을 기획하게 되었습니다. 청소년들도 돈을 모을 수 있고 부자가 될 수 있다는 희망을 줄 수 있는 책 말입니다. 소설로 꾸며진 이 책을 재미있게 읽다 보면 어떤 능력으로 부자가 되고, 어떤 습관으로 경제적인 목표를 달성할 수 있을지 그려질 것입니다.

자본주의 사회에서 돈과 부를 좇는 것은 절대 손가락질 받거나 욕먹을 일이 아닙니다. 오히려 권장하고 칭찬할 일입니다. 학생들의 질문에 나는 대답합니다.

"나의 연봉은 얼마나 많은지 돈 세는 기계가 집에 있어요. 우리 집은 얼마나 넓은지 거실에서 안방까지 가는 데 3박 4일 걸려요. 내 차는 이 세상에 하나밖에 없는 차량입니다. 나에게 맞춰진 장애인 전용차니까요. 하하하!"

학생들의 질문에 유머로 대답했지만 중요한 건 어린이 청소년들이 부와 돈에 관심이 많다는 사실입니다. 우리의 미래는 희망적입니다.

2023년 여름 북한산 기슭에서

고정욱

차례

사고 친
네 아이

북한산에서 수유역 쪽으로 걸어 내려오면 올망졸망한 작은 건물들이 연이어 서 있다. 1층 상가는 대개 카페나 미용실, 작은 편의점들이 이어졌다. 간혹 과일 가게 같은 것이 몇 개월 영업하지만 오래가지는 못한다. 이 길에서 가장 장사가 잘되는 것은 오랫동안 버틴 철물점, 한의원 같은 생활에 필요한 가게들이다.

고작해야 4-50평 안팎의 작은 건물들을 따라 내려오다 보면 작은 사거리가 나온다. 그 사거리 오른쪽 코너에 높다랗게 축대를 쌓은 거대한 주택이 한 채 웅크리고 있다. 작은 빌라나 코딱지만 한 주택들 위주인 이 동네에서 대지가 천 평 가까운 어마어마한 단독주택은 그야말로 놀라운 위용을 자랑한다.

그 집 대문이 열린 적은 별로 없었고, 누가 그곳에 사는지도 잘 모르는데 사람들은 언제부터인가 이 집을 기암성이라고 불렀다. 괴도 루팡의 이야기에 나오는 소설 제목이 어쩌다 붙었는지는 모르지만 말 그대로 성 같은 집이었다. 가끔 옆에 있는 높은 건물에 올라가 아래를 내려다본 사람들은 말하곤 했다.

"오래된 프랑스식 집이네."

"나무들이 꽉 차서 안이 어떻게 되어 있는지 볼 수가 없어."

사람이 사는지 안 사는지 알 수 없었지만 가끔 거대한 차고로 오래된 고급 검은색 벤츠가 드나든다는 것을 본 사람이 있긴 했다.

벚꽃이 흐드러지게 피었다 지는 어느 3월 말 북한산 기슭에 있는 수유고등학교 학생들은 지하철역을 향해서 터덜터덜 삼삼오오 떠들며 내려오고 있었다.

"야, 오늘 담임샘 옷 완전 구리지 않냐?"

"어제 외박했나 봐. 같은 옷이야."

아무짝에도 쓸모없는 이야기들을 나누며 네 명의 단짝 지원, 창식, 문준, 민혁은 발걸음을 이어나갔다. 수유역 부근 AI 피시방에서 삼국지 전략 게임을 하기로 약속하고 내려오는 길이었다. 그때 네 명은 문득 기암성 차고가 열리고 길이가 5미터는 될 것 같은 거대한 벤츠가 나와 멈춰 있는 것을 보았다.

"어, 이거 무슨 차냐?"

앞에 있던 지원이 말했다.

"벤츠잖아. 벤츠. 와, 구닥다리 벤츠."

창식이 신기하다는 듯 차를 돌아봤다.

"기암성에 이런 차가 있다는 말은 들었는데 나오는 건 처음이네."

"우아, 신기하다. 이거 누가 타고 다니지?"

지원과 민혁도 한마디씩 했다. 자동차에 관심이 많은 아이들이 이곳저곳 구경할 동안에 차는 미동도 하지 않았다. 어쩐 일인지 차는 차고에서 반만 나와 앞부분이 인도에 걸친 채 나간 것도 들어간 것도 아닌 어정쩡한 상태에서 시동이 걸려 있었다.

"이런 거 똥차 아니야? 똥차."

"야, 골동품이야."

"이런 똥차는 지금 내다 줘도 안 팔아. 너 모르냐? 옛날에 대통령이 타던 차 똥차 되어 아무도 사 가지 않은 거?"

"그래?"

"그래. 이런 똥차는 괜히 폼만 잡는 거지. 기름만 많이 먹고 애물단지야."

기타를 등에 메고 있던 민혁이 괜히 찍 하고 차에다 침을 뱉었다.

"에이, 이런 똥차."

옆에 있던 창식이 덩달아 범퍼를 걷어찼다. 철로 된 범퍼가 육중했다. 아이들은 툭툭 발로 차고 가방으로 때렸다. 심지어 지원이는 백미러까지 팔로 쳤다. 백미러는 갑자기 덜커덕거리더니 틈이 벌어졌다.

"어, 백미러 빠졌어."

"도망가자!"

아이들은 누가 먼저랄 것도 없이 지하철역 쪽으로 냅다 뛰기 시작했다.

"야, 썩은 똥차인데 괜찮겠지?"

"아무도 못 봤어. 빨리 도망쳐!"

아이들은 이내 피시방으로 들어가 오후 내내 게임에 열중했다.

다음 날이었다. 2교시부터 책상에 엎드려 자고 있던 문준에게 담임선생님이 갑자기 찾아왔다.

"문준이 잠깐 나와라."

"예? 왜요?"

자다가 깬 지원이 끌려 나갔다. 복도에는 벌써 나머지 세 명이 각자 교실에서 불려 나와 있었다. 모두 어제 늦게까지 게임을 해서인지 피곤한 얼굴이었다.

"너희들 교무실로 와. 큰일 났다."

"무슨 일인데요? 저흰 아무 잘못도 안 했어요."

"내려와 봐."

교무실로 내려가자 그곳에는 말쑥한 양복을 입은 신사와 경찰관이 와 있었다. 뭔지 모르지만 사태가 심각하다는 것을 알 수 있었다.

"너희들 어제 저 아래 385-10번지 승용차를 망가뜨렸냐?"

"385-10번지요?"

"그래. 저 아래 저택 있잖아."

학생주임이 다그쳤다. 주소는 잘 모르겠지만 기암성에 있는 차를 발로 차고 백미러를 부셨던 거는 모를 리 없었다.

"……."

"이 자식들, 너희들 CCTV에 다 찍혔어. 집주인이 당장 경찰에 고발한다고 했어."

경찰관이 차분한 목소리로 말했다.

"이분은 집주인의 담당 변호사야."

아이들은 가슴이 철렁했다. 교장선생님과 변호사는 옆방으로 들어가서 뭔가를 한참 이야기하는 눈치였다. 경찰관도 가세해서 무거운 대화가 이어지는 듯하더니 잠시 뒤 교장선생님이 나왔다.

"너희들 운 좋은 줄 알아라. 지금 전화했더니 그 집주인이 너희가 집으로 직접 찾아와서 사과하고, 백미러와 자동차 수리비를 직접 돈을 벌어서 갚는다면 용서해 준다고 한다."

"네? 도, 돈을 벌어요?"

"그래. 부모님이 갚아 주는 돈은 안 되고 직접 돈을 벌어 갚아야 된단다. 안 그러면 사건으로 만든다고 했어."

"사건으로 만드는 게 뭐예요?"

"경찰로 넘겨서 정식 절차를 밟는 거지."

"경, 경찰이요?"

아이들은 순식간에 수사 드라마 이미지가 떠올랐다. 어두컴컴한 취조실에서 주먹으로 책상을 쾅 치며 사람을 겁주는 장면이 자신들의 일이 될 수도 있다는 생각이 들자 아이들은 당장이라도 오줌을 지릴 것만 같았다.

그날 오후 아이들은 수업이 끝나자마자 누가 먼저라고 할 것도 없이 덜덜 떨며 기암성 정문 앞에 섰다.

"야, 네가 눌러."

"네가 눌러."

서로 누르라고 떠밀었다. 할 수 없이 가장 먼저 차에다 침을 뱉었던 지원이 벨을 눌렀다. 한참 뒤 인터폰에서 일하는 아주머니 목소리가 흘러나왔다.

"차고 옆에 조그만 쪽문이 있어요. 그리로 들어와요."

아이들은 차고 옆으로 돌아갔다. 차고 문은 닫혀 있었다. 쪽문을 열고 안으로 들어가자 문제의 벤츠가 서 있었다. 백미러는 뚝 떨어져 대롱대롱 매달려 있었다. 계단을 걸어 올라가자 바로 거실로 들어서는 문이 있었다. 문을 열자 웬만한 방들이 서너 개 들어갈 만큼 큰 거실 한쪽 거대한 소파에 노인 한 사람이 앉아 있었다.

"이리들 와라."

안내하는 아주머니가 소파 앞으로 아이들을 나란히 앉혔다. 마치 죽을죄라도 지은 죄인들처럼 몰려 앉았다. 앞에는 주스 한 잔씩 놓여 있었다. 노인은 향기가 진한 중국차를 마시고 있었다.

"너희가 우리 차를 망가뜨렸다고?"

"죄송합니다. 잘못했습니다."

아이들은 분위기에 압도되어 누가 먼저랄 것도 없이 무릎을 꿇었다. 담임선생님이 교실을 나설 때 미리 아이들에게 조언을 해 주었다.

"너희들 기암성에 가면 무릎 꿇고 무조건 빌어. 만약 사건이 심각해지면 너희들 대학 갈 때도 문제가 되니까."

"저희 대학 안 갈 건데요?"

"이 녀석들이! 사건이 기록에 남는단 말이야."

두려움이 쓰나미처럼 밀려왔다. 부모님 속을 너무 썩이는 일인 것 같았다.

"다행히 너희들 부모님께는 비밀로 하라고 하셨으니까 너희들이 잘해야 된다."

담임선생님 권고에 여기까지 온 것이다.

"왜들 그랬니?"

바로 노인이 물었다.

"얘가 그랬어요. 자동차를 먼저 발로 찼어요."

"아니, 얘가 침을 뱉었어요."

"백미러까지 깬 건 재라고요."

서로 책임을 떠넘기자 노인은 혀를 찼다.

"한심한 녀석들 같으니라고. 비겁하게 책임만 모면하려고 애쓰는구나. 녀석들 다 똑같이 못된 짓 해놓고서……. CCTV로 다 보았다."

"……."

아이들은 고개를 푹 숙였다.

"본격적인 사건으로 만드는 걸 원하냐? 아니면 너희들 손에서 해결하고 싶으냐?"

눈치를 보더니 서로 한마디씩 했다.

"저희들이 해결할게요. 죄송해요."

"그래? 그러면 여기에 있는 카드를 하나씩 골라라."

"카드요?"

책상 위엔 아까부터 카드 여덟 장이 놓여 있었다.

"그래. 마음에 드는 카드를 한 장씩 골라."

슬그머니 지원이가 먼저 카드를 집었다. 모두 한 장씩 집어 들자 노인은 말했다.

"뒤집어 봐라."

"야, 나는 '생각과 열정'이래."

지원이 말하자 문준도 뒤집어 보았다.

"어, '상상력'이래."

"어, '지식'이라는데?"

"어, 나는 '조력 집단'이야."

아이들이 어리둥절해 하자 노인이 빙긋 웃으며 말했다.

"그게 무엇인지 궁금할 거다. 바로 부자가 되는 법을 말해 주는 카드야."

"부자가 된다고요? 이 카드로요?"

"그래. 그 카드에 적힌 걸 잘 생각하고 연구해서 돈 버는 방법을 알아내야 된다. 그리고 그 방법으로 돈을 벌어. 내 차 수리비가 450만 원이 나왔는데 50만 원씩만 벌어 오면 내가 나머지는 면제해 주겠다. 아까 차고로 올라오다가 차 망가진 건 봤겠지?"

"50만 원이요?"

지원이는 자기 통장에 얼마 있는지 생각해 봤다.

그 순간 노인이 귀신같이 말했다.

"행여 통장에 돈 있는 건 꺼낼 생각 하지 마라. 너희가 실제로 돈을 벌었다는 것을 증명해야 돼. 돈 번 기록을 남겨서 50만 원을 벌어 오면 용서해 주겠다."

잠시 후 아이들은 집을 나서며 대문 닫히는 소리가 들리자 비로소 현실로 돌아온 것 같았다.

"야, 이거 어떡하냐?"

"어떻게 하라는 거지? 아, 골치 아파."

아이들은 카드 한 장씩을 소중히 들고 각자 고개를 푹 숙인 채 집으로 향했다. 부모님에겐 비밀로 하고 카드를 통해서 돈을 벌라고 하다니! 고약한 숙제를 얻은 셈이었다.

나폴레온 힐의 부자 되는 생각 한 스푼

<생각하라 그리고 부자가 되어라>에서 나폴레온 힐은 다음 명제들을 성공의 비밀로 제안하고 있습니다. 나폴레온 힐이 부자들을 인터뷰해서 얻어낸 것입니다. 이 비밀을 하나씩 파헤치다 보면 여러분에게도 부의 문이 활짝 열릴 것입니다.

① 열망

② 신념

③ 자기 암시

④ 전문 지식

⑤ 상상력

⑥ 체계적인 계획

⑦ 결단력

⑧ 끈기

⑨ 조력 집단

⑩ 성 에너지 전환

⑪ 잠재의식

⑫ 뇌

⑬ 육감

지원의 생각과 열정

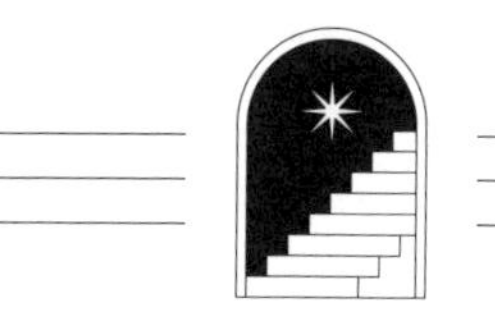

사흘이 지났다. 지원은 짜증 나는 발걸음으로 돌아와 집의 비밀번호를 눌렀다. 소리가 나자 벌써 집 안에서 샘이 짖는 소리가 들렸다.

"컹컹!"

문을 열고 들어서자 기다렸다는 듯이 샘은 펄쩍펄쩍 뛰며 지원을 맞아 주었다.

"아, 알았어. 저리 가, 짜증 나."

샘이 좋아서 달라붙는 걸 말릴 수는 없었다. 녀석은 지원이 집에서 기르는 반려견이다. 벌써 3년째 함께 살고 있었다. 분리불안증이 있을 정도로 사람에게 집착하는 녀석이라 이렇게 식구들 중 누구라도 돌아오면 생난리를 피운다.

"샘, 기다려. 씻고 나올 테니까."

그 말을 귀신같이 알아듣고 샘은 자기 집에 가더니 목줄을 물고 나왔다.

"기다리라고 했지?"

앞다리를 들고 샘은 기다렸다. 빨리 산책을 가자는 것이었다. 지원이 개를 좋아하기에 늘 시간이 날 때면 샘을 데리고 동네 산책해 주는 것이 습관이 되었기 때문이었다.

"아이고, 못 말린다, 못 말려."

대충 씻고 옷을 갈아입은 뒤 지원은 샘의 목에 줄을 걸고 집을 나섰다. 샘은 아주 행복해 꼬리를 풍차처럼 돌렸다. 하지만 오늘 지원은 즐겁지 않았다. 집 밖으로 나가자 이곳저곳을 다니며 샘이 영역 표시를 했다. 지원은 똥 싸는 것을 지켜보다 비닐봉지에 담았다. 그러자 옆에 있던 할머니 한 사람이 반려견 한 마리를 데리고 나무 밑 벤치에 앉아 쉬다가 한마디 했다.

"학생은 참 개를 잘 돌보는구먼."

"네. 할머니, 안녕하세요?"

같은 아파트에 사는 통장 할머니였다.

"오랜만에 봬요."

"아이고, 내가 요즘 몸이 안 좋아서 우리 보람이 산책을 못 시켜. 우리 보람이가 주인 잘 못 만나서 불쌍해."

보람이라는 퍼그는 할머니 주변에서 이리저리 뛰며 에너지를 분출하지 못해 난리였다.

"저번에 내가 허리를 삐끗한 뒤로 얘 산책을 못 시켜서 말이야."

"할머니, 그래도 가끔 데리고 나오시면 집에 있는 것보다는 나아요."

"아이고, 학생이 모르는 게 없구먼."

"요크셔테리어, 몰티즈, 포메라니안 같은 개는 활동 범위가 좁아요."

"아이고, 어쩜 이렇게 유식해?"

할머니한테 칭찬은 받았지만 지원은 집에 올 때까지 마음이 어두웠다. 50만 원을 마련해 기암성에 가져갈 생각을 하니 정말 막막했다. 꿈에서나 가능할 것 같았다. 지원네 집은 가뜩이나 코로나로 인해서 식당 하던 아버지가 늘 인상을 쓰고 있었다. 대출금을 갚지 못하고, 가겟세도 올라서 언제 가게를 접어야 할지 모른다는 말을 들을 때마다 지원은 불안한 마음이 들었다. 자기가 사고 친 것까지 알게 되면 불호령이 떨어질 게 뻔했다. 게다가 요즘은 세계적인 경기 둔화로 은행 이자까지 하늘 높은 줄 모르고 치솟는 상황 아닌가.

"어떻게 해야 되지? 생각과 열정이라는 건 뭐지? 내가 뭘 해서 돈을 벌어야 한다는 거야? 돈이라는 게 생각과 열정으로 벌리는 거냐고. 칫!"

그때 샘이 곁에 와서 착 엎드렸다. 샘은 3년 전부터 텔레비전에 나오는 개 훈련 프로그램을 보면서 지원이 훈련시켜서 웬만한 명견 못지않게 말을 잘 듣는 녀석이었다. 대소변도 꼭 밖에 데려갔을 때만 보았다.

"녀석아, 어디 가서 50만 원 물어 와라."

"멍!"

알아듣기라도 한 것처럼 샘이 짖었다. 그때 지원은 생각했다.

"아! 내가 가장 잘할 수 있는 건 개를 돌보는 거야. 열정이라면 그것밖에 없는데."

지원은 순간 아이디어가 번쩍였다.

'그래. 개에 관한 거 뭐 없을까?'

재빨리 스마트폰으로 검색해 봤다. '개 산책'이라고 치자 개를 산책시키는 사람들 사진 여러 장이 나왔다. 지원의 아파트는 오래된 낡은 아파트였고 주변에 녹지가 풍부해 개를 키우는 사람들이 많이 와서 거주하는 곳이었다. 개를 산책시키기 좋기 때문이었다.

그때 외국인 한 명이 허리띠에 개 열 마리를 묶어서 산책하는 사진을 보았다. 그 순간 지원의 머릿속에 불이 켜졌다.

"이거야! 아까 그 할머니도 개 산책을 못 시킨다고 했잖아. 내가 대신 개 산책을 시켜 드린다고 하면 되지 않을까?"

지원은 갑자기 가슴이 뛰기 시작했다.

"그러려면 먼저 고객을 파악해야지."

지원은 동네에 있는 개들 이름을 쭉 적어 보았다. 얼추 열다섯 마리 이상 떠올랐다. 그리고 대부분 바빠서인지 최근 들어 개 산책을 제대로 못 시켜 주는 것을 지원도 알고 있었다.

"그래, 내가 대신 산책시켜 준다고 하는 거야. 아주 싼 가격에 말이야. 이왕이면 월 구독 서비스로 하는 게 더 좋겠어. 그러면 얼마를 받아야 되지?"

구독 서비스는 매달 일정한 금액을 고객으로부터 받을 수 있다. 그렇기 때문에 기존 고객들이 유지되는 한 안정적인 수익을 올릴 수 있다. 뿐만 아니라 꾸준히 서비스가 제공되니까 고객의 충성도를 올릴 수 있다. 한번 고객이 된 사람은 계속 믿고 신뢰하게 된다. 그리고 가장 좋은 것은 돈벌이가 예측 가능하다는 거다. 매달 일정한 돈을 받기 때문에 새로운 고객을 유치하는 데 드는 마케팅 비용을 줄일 수 있다.

그날 집에 돌아와 지원은 밤 12시까지 얼마를 받아야 될지 생각하기 시작했다. 여러 가지 아이디어들이 얼키고 설키면서 고민하게 되었다.

'아, 너무 비싸면 안 될 거야. 부담 없는 가격으로 개를 산책시켜 주는 것이니까……. 얼마면 될까?'

지원은 다시금 생각했다.

'어떤 서비스를 한다고 해야 하지?'

다음 날 아침 잠자고 일어나니 생각이 정리되는 것 같았다. 지원은 아침밥을 먹자마자 후다닥 학교 갈 준비를 마치고 통장 할머니네 벨을 눌렀다.

"할머니!"

"아이고, 지원 학생. 이게 웬일이야? 우리 집에 다 오고."

"할머니네 집 보람이 산책 잘 못 시킨다고 하셨잖아요."

"응. 어제도 나갔다 왔더니 허리가 아파."

재롱이는 지원이 오자 반갑다는 듯 꼬리를 저었다. 지원의 발에 묻어 있는 샘 냄새를 맡고 있었다.

"할머니, 제가 알바를 하려고 하는데요."

"무슨 알바?"

"할머니, 한 달에 만 원만 주시면 제가 우리 개 산책시킬 때 재롱이도 산책시킬게요."

"뭐? 그거 좋은 생각이야. 그런데 만 원은 너무 싸. 내가 3만 원 줄게. 내가 우리 강아지 불쌍해서. 아이고, 저 녀석 산책도 못 시켰는데 지원 학생이 해준다면 믿고 맡기지. 언제부터 해줄 거야?"

"오늘 학교 다녀와서 당장 할게요."

"그래, 고마워. 자, 3만 원 여기 있어."

할머니는 지갑에서 돈을 꺼내 주었다.

"아, 할머니 나중에 받아도 돼요."

"아냐. 이런 건 선불로 주는 거야."

"그럼 이따 저녁때 오겠습니다. 고맙습니다."

"아냐, 내가 고마워. 우리 지원 학생처럼 개 사랑하는 사람이 어디 있어."

인사하고 나오자 지원이는 뛰어오르며 '야호'를 외쳤다.

학교에 와서 지원은 자기가 벌써 3만 원을 벌었다고 친구들에게 자랑했다.

"어떻게 넌 벌써 돈을 벌었냐?"

문준이 관심을 갖고 물었다.

"내가 가만히 생각해 봤거든. 내가 가장 잘하는 거. 돈 벌 수 있는 방법을 고민해 보았어. 생각에 생각을 거듭하니까 내가 개 돌봐 주는 걸 잘하잖아. 그래서 개 산책시켜 주는 일이 생각난 거야. 그러고 나서 이웃에 사는 할머니가 내게 일을 주신 거야. 1번 고객이지."

"야, 부럽다 부러워. 나도 빨리 돈 벌어야 되는데."

친구들은 지원이 벌써 돈을 벌었다고 하니 부러운 표정이었다.

"생각과 열정으로 돈 벌라잖아. 생각은 이미 했어. 아이디어가 떠올랐다고."

"그러면 열정은?"

창식이 궁금하다는 듯 물었다.

"열정은 더 쉽지 뭐. 우리 동네 개 있는 집은 다 돌아다닐 거야. 벽보도 붙이고. 우리 아파트 홈페이지에 가서 공고도 낼 거야. 분명히 열 마리 정도는 나한테 맡길 거라고."

"열 마리면 30만 원? 좋겠다."

"옆에 있는 단독주택도 다 돌아서 일주일 내로 50만 원 벌어서 할아버지에게 갖다 주고 나는 벗어날 거라고."

그날 집에 돌아온 지원은 바로 컴퓨터에 홍보 글을 적어 출력했다.

개를 돌봐 드립니다.

산책도 해 드리고 필요하시다면 목욕도 시켜 드려요.

저는 십 년간 개를 기른 경력이 있는

125동 108호 사는 이지원 학생입니다.

출력한 종이는 각 동 현관에다 붙여 놓았다. 길을 걷다가도 개를 산책시키는 사람을 만나면 먼저 인사했다.

"안녕하세요? 아주머니."

"안녕."

“복돌이 오랜만에 나왔네요?”

“어, 요즘 내가 맨날 야근하느라 바빴어.”

“아주머니, 제가 복돌이 산책시켜 드리면 어때요?”

“산책? 정말?”

“네. 제가 해드리는데 쪼끔 수고료를 받아요.”

“아! 수고료 줘야지. 참 잘 되었어. 우리 집 비번 알려 줄 테니까 내가 없더라도 개 산책시켜 줄 수 있어? 우리 개랑 샘이랑 친하잖아.”

그사이에도 샘과 아주머니의 개 복돌이는 서로 냄새를 맡으며 꼬리를 살랑거리고 있었다.

“해 드릴 수 있어요.”

“얼마 주면 되는 거야?”

“대형견은 한 달에 5만 원이고요 작으면 3만 원이에요.”

“우리 개는 3만 원이지? 자, 여기 있어. 한달간 내가 맡길게.”

지원의 열정으로 신사업은 잘되었다. 지원은 사람들을 만나면서 개 산책은 물론이고 목욕이나 훈련 같은 서비스를 원한다는 것을 알았다. 어린아이가 있는 집에서는 지원이 개를 훈련시키는 것을 보고 훈련 비용까지 5만 원을 내겠다고 했다.

지원은 개 돌봄 서비스 광고가 필요하다는 것을 느꼈다. 벽보는 물론 각 집의 우편함에다가 홍보 전단지를 넣었다. 개 기르는 집을 정확하게 알기에 가능한 일이었다.

반려견 키우는 데 어려움을 느끼시나요?
고민하지 마세요, 저희 서비스가 여러분을 도와드립니다. 개를 사랑하는 당신을 위한 서비스, 개 돌보미입니다.
저는 매일매일 귀여운 강아지들을 돌봐서 행복한 일상을 제공합니다. 일상에 지친 당신, 가장 소중한 개를 돌봐 줄 도우미가 필요하신가요?
저는 귀여운 강아지들을 돌보며 깨끗한 환경에서 건강한 먹거리와 함께 체계적인 교육을 시켜 드립니다. 주인이 외출하는 동안 강아지들을 안전하게 보호하며, 산책과 운동 그리고 원하시면 훈련까지 제공합니다.
저의 서비스를 구독하시면 삶의 질이 좋아지고 건강하게 행복한 강아지를 키울 수 있습니다.

'내가 강아지를 잘 돌봐 준다는 것을 가장 잘 알릴 사람은 누구지?'

생각해 보니 동네 주민들이었다. 통장 할머니에게 다시 뛰어갔다.

"할머니, 할머니네 보람이는 어느 집 개랑 친해요?"

"저 뒷동네 노인정 가면 개 기르는 할머니들이 한 다섯 명 있지. 그 집 개들하고 친해."

"그 할머니들 저에게 소개시켜 주세요. 제가 다 돌봐 준다고요."

할머니는 지원의 열정을 느낀 듯했다.

"그래? 운동하려고 개 끌고 다니는 할머니들도 있는데 잠깐 맡기는 것도 되나? 멀리 아들이나 딸네 집에 가고 싶어도 개 때문에 못 간다는 할머니가 있어."

"걱정하지 마세요. 잠깐 맡기는 것도 가능해요."

그 말에 갑자기 아이디어가 떠올랐다. 개 호텔 사업도 해야겠다는 생각이 들었던 것이다. 홍보 문구를 수정했다.

개 호텔 사업도 합니다.

단, 하우스를 가지고 오실 경우에 한해서이며

훈련시킬 경우 서비스 요금이 추가됩니다.

지원은 사업이 갑자기 커진다는 느낌이 들었다.

일주일 뒤에 지원은 벌써 열 마리 가까운 개 훈련이나 목욕 산책을 의뢰받았다. 이미 35만 원이 모인 것이었다.

"야, 이거 사업이 된다."

책상 맨 밑에 돈을 깔아 놓으니 세상 뿌듯했다. 일주일만 이런 식으로 돈을 모으면 50만 원을 단번에 갚을 수 있을 것 같았다.

학교에 가면 다른 친구들은 연일 얼마를 벌었냐고 물어보았다. 그때 다른 친구가 말해 주었다.

"야, SNS를 활용해 봐."

"SNS?"

"그래. 홍보라면 SNS로 하는 게 좋지 않겠어?"

"그거 좋은 생각인데."

게으르고 집에서 샘과 뒹굴기만 좋아하던 지원은 어느새 열정적일 뿐만 아니라 적극적인 아이로 변해 있었다. 자기가 산책하며 데리고 나가는 개 다섯 마리를 쭉 늘어놓고 사진을 찍었다.

지원은 아무리 날뛰는 개도 차분하게 가라앉히는 재주가 있었다. 개가 날뛰고 사납게 구는 것은 사람을 무서워하기 때문이라는 사실을 알기 때문이었다.

나란히 다섯 마리를 앉혀 놓고 사진을 찍자 지나가던 아저씨가 물었다.

"다 너네 개니?"

"아니에요. 제가 돌봐 주는 개들이에요."

"어떻게 가만히 있지?"

"제가 훈련을 시켰거든요."

"그래? 놀랍구나. 명함은 없니?"

"아, 명함은 없는데 전화번호는 있어요."

"우리 개도 좀 훈련시켜 줄 수 있을까?"

지원은 집에 들어와 재빨리 명함 디자인을 했다.

'어떤 이름을 붙이지? 아, 개형이라고 해야 되겠다. 으하하! 개들의 형 노릇을 해주니까. 아, 오빠일 수도 있잖아. 그러면 영어로? 개브라더. 오케이. 개브라더로 해야겠다.'

지원은 사업체 이름을 '개브라더'로 지었다. 명함을 만들어서 뿌리고 다니며 SNS에도 찍어 올렸다. 관리 잘한 예쁜 개를 한 마리씩 올리자 갑자기 몇십 명밖에 되지 않던 인스타그램 팔로워 수가 급하게 늘기 시작했다.

"야, 샘! 고맙다."

이렇게 된 건 다 샘 덕분이었다. 곤히 잠자고 있던 녀석의 배를 마구 긁어댔다.

"아웅!"

샘은 영문도 모른 채 자다가 계속 하품했다.

동네 개들은 지원의 돌봄을 보기 시작하면서 건강해졌다. 스트레스가 풀려서인지 사람 보고 짖지도 않고 집에 있을 때에도 차분해졌다는 소리를 여기저기서 들었다. 지원은 개 돌봄 서비스를 통해서 돈을 벌게 되었다.

한 달 가까이 지나자 지원의 책상 서랍에는 무려 70만 원이 모였다. 이제 돈이 문제가 아니었다. 지원에게는 꿈이 생겼다.

'나는 앞으로 개 관련 사업을 해야겠어.'

꿈 없이 어슬렁거리고 다니며 공부도 제대로 하지 않던 지원에게 놀라운 변화였다. 이렇게만 하면 부자가 될 수 있다는 생각이 들었다. 인스타그램을 보니 미국에서는 도그대디라고 개 아빠라는 전국적인 스타가 있었다. 그 사람은 예약을 걸어 놓고 지정 장소에 온 사나운 개, 문제 있는 개들을 모두 순식간에 기적처럼 조용히 만드는 것이었다.

갑자기 지원에게 꿈이 생겼다.

'내가 이 사람의 제자로 가려면 영어 공부도 잘해야겠어.'

목표가 생기자 영어 시간에 졸지 않고 수업도 듣게 되었다. 돈은 이미 구독 서비스로 계속 들어오고 있었다. 이제는 공부에 방해가 되어서 주문 들어오는 것을 거절할 지경이었다.

아이들은 그런 지원을 보고 부러워했다.

"야, 너 그 돈 다 모았네? 기암성에 갖다 줘."

"아냐, 너희들하고 같이 가서 드리려고."

이미 돈을 잘 벌고 있다는 소문이 나자 아이들은 떡볶이를 사 달라거나 돈을 빌려 달라고 했다. 지원은 돈이 주는 자신감을 알게 되었다. 그리고 생각과 열정만 있다면 앞으로 평생 돈 걱정은 하지 않으리라는 믿음이 가슴 속에 차올랐다.

"나는 정말 행복한 것 같아."

"왜?"

"내가 좋아하는 일 하며 돈도 버니까. 또 나에게 개를 맡긴 사람들은 예전에는 개에게 미안해하고 자책감을 느꼈는데 이젠 행복해졌대. 나는 행복 전도사야."

"개 행복 전도사냐?"

"하하, 그거 좋다. 호를 바꿔야 되겠어. 개 행복 김지원으로."

지원은 반려견 문화가 오래도록 이어질 것을 알고 있었다. 이 사업의 미래가 번창하리라는 것을 예상했다. 아이들과 약속한 날 가져다주기 위해 지원은 50만 원을 깨끗한 새 봉투에 담아서 책상 안에 고이 모셔 두었다.

나폴레온 힐의 부자 되는 생각 한 스푼

부자가 되려면 먼저 명확하게 된 목표를 설정하고, 이에 대한 불굴의 의지와 열정을 가져야 합니다. 긍정적인 마인드를 갖추어야 하며, 실패를 두려워하지 않고 배우는 기회로 삼아야 합니다.

① 대인관계에서는 상대방에게 관심을 갖고, 배려하며, 친절한 태도를 유지해야 합니다. 상대방의 입장을 이해하고, 상대방의 요구사항에 맞춰서 서비스를 제공해야 하기 때문입니다. 아울러 효율적으로 시간을 관리하며, 효과적인 계획을 세워야 합니다.

② 위기 상황에서도 열정을 가지고 문제를 해결하고 성장하는 기회로 삼아야 합니다. 운이 성공의 결정적인 요소는 아니며, 오히려 자신의 열정만이 성공에 미치는 영향이 크다는 것을 이해해야 합니다.

③ 성공적인 비즈니스 모델을 생각하고 그것을 열정으로 발전시켜야 합니다. 주변의 부정적인 영향을 최소화하고, 긍정적인 영향을 받을 수 있는 환경을 조성해야 합니다.

위 생각과 열정의 요소들을 수립하면 어떤 환경에서든 성공할 수 있는 능력을 키울 수 있습니다.

창식의
전문 지식

사고 친 멤버 가운데 하나인 창식은 자기 방 책장을 훑어보았다. 학습 참고서와 어렸을 때 보던 만화책을 제외하고는 대부분 역사에 관한 것들이었다.

'50만 원을 어떻게 만든단 말이야? 큰일 났네.'

창식이 생각한 것은 책을 파는 거였다. 학교에서 연일 지원은 개 산책을 시켜 주면서 자기가 얼마를 모았다고 떠들었다. 같이 사고를 쳤던 창식은 억울한 면도 있었다. 자기가 한 일이라곤 발로 타이어 몇 번 찬 것밖에 없는데 과하다는 생각이었다.

'책이라도 팔아 볼까?'

스마트폰을 꺼내서 중고 서점 사이트에 들어간 뒤 자기가 갖고 있는 책들 제목을 입력해 보았다. 어떤 책은 사 주지 않고, 어떤 책은 사 준다고 했다. 가장 비싸게 받을 수 있는 것은 <고구려의 역사>였다.

“대박! 이거 만 원이나 하네. <거꾸로 본 고구려 실록>은 3천 원이네?”

하루종일 창식은 자기 방에 있는 책들의 중고 가격을 계산해 보았다. 사 주는 책을 싹 다 판다고 해 봐야 15만 원 남짓이었다.

‘아, 이거 팔아가지고 안 되네.’

방법이 없었다. 게다가 그 책들은 자기가 초등학교 시절부터 애써 모았던 책들이었다.

역사 덕후인 창식은 역사책을 어려서부터 꾸준히 모았다. 지금은 웬만한 역사책은 보지 않은 것이 없을 정도였다. 가장 소중한 것은 역사 강사로 유명한 서민석의 역사 이야기 전집이었다. 그 책을 사기 위해 용돈을 모은 적도 있었다. 그 목숨과 같은 역사책을 팔아서 기암성 할아버지에게 자동차 비용을 변상한다는 것은 너무 괴로운 일이었다.

“안 돼! 내 사랑하는 책들을 팔 수는 없어!”

갈등의 연속이었다. 엄마 아빠에게 이야기했다가는 난리가 날 것이 뻔했다. 가뜩이나 요즘 엄마 아빠 사이가 나빠 집안 분위기가 뒤숭숭하던 차였다.

'아, 큰일이네. 왜 내가 그때 부화뇌동해서……. 정말 어리석은 짓이었어.'

삼국지를 보면 조조가 허도를 비웠을 때 몇몇 신하들이 반란을 일으켜 성 안에 불을 지른 적이 있었다. 이때 조조는 이 반역을 진압한 뒤 화재가 났을 때 불을 끈다고 밖에 나온 자들은 홍기 아래 서고, 끄지 않고 집에 있었던 자들은 백기 아래 서라고 했었다. 그때 부화뇌동해서 남들 따라 반역에 동참한 자들은 홍기 아래 선 자들이라고 다 죽인 사건이 있었다.

'역사책에서 남들이 하는 걸 따라 하다가 바보가 되는 걸 보고서도 나는 왜 그때 거기에 동참했을까? 하지 말라고 말렸어야 하는데.'

시간이 갈수록 나름 역사를 알고 있는 소년 지식인이라고 생각하는 창식에게는 그날의 사건이 너무나 부끄러운 일이었다.

하지만 지금은 도무지 돈을 마련할 길이 없으니 일단 책이나 팔아 보려고 창식은 가방에 십여 권의 책을 들고 가까운 중고서점에 나갔다.

"이 책 팔려고 나왔어요."

계산대에 올려놓자 서점 직원은 책마다 바코드를 찍더니 겨우 만 5천 원을 주는 거였다.

"여기 있습니다. 상태가 좋지 않아서 많이 드릴 수가 없어요.

세 권은 파손이 심해서 구매하기 어려워요."

"네, 감사합니다."

아끼는 책 몇 권을 팔고 돌아오려니 중국 장편소설 <허삼관 매혈기>가 생각났다. 주인공이 살기 위해 목숨을 걸고 피를 팔아 연명하고 가정을 책임지는 힘든 삶을 묘사한 소설이었다.

"피를 파는 소설 속 주인공이 이런 느낌이었구나. 역사책을 파느니 차라리 피를 파는 게 낫겠어."

투덜대며 만 5천 원을 주머니에 집어넣고 지원은 집으로 돌아왔다. 오는 길에 동네에 있는 작은 여행사 간판에 붙어 있는 포스터를 보았다.

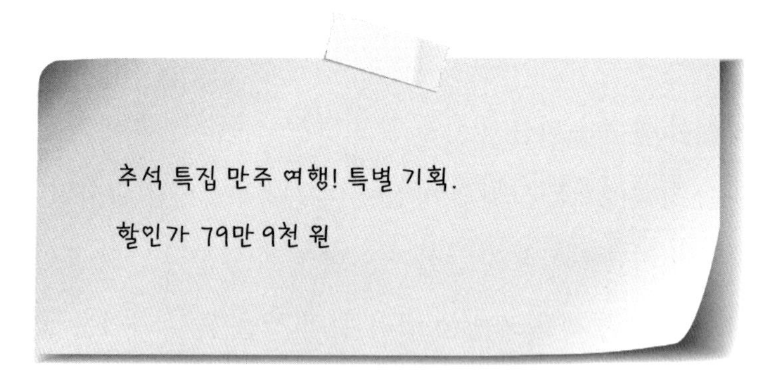

"어? 만주가 뭐야 만주가?"

중얼거리던 창식은 갑자기 화가 났다. 여행사 문을 벌컥 열고 들어갔다. 여행사에는 책상 몇 개가 놓여 있었다. 여행사 사장인 듯한 사람이 컴퓨터 모니터를 들여다보며 카드 게임을 하는 중이었다.

"사장님, 만주 여행이 뭐예요?"

"왜? 네가 여행 가려고? 고구려 땅을 한 바퀴 돌고 오는 여행이야. 윤동주 시인의 고향도 들러서 오는 멋진 만주 여행이야. 현장을 찾아가는 문학 기행으로 우리 여행사에서 새로 만든 여행 상품이란다."

여행사 사장은 엉뚱한 말만 했다.

"그게 아니고요. 만주라는 말은 일제의 잔재예요."

"일제 잔재라고?"

"그래요. 만주라는 말을 쓰시면 안 돼요. 만주라는 말은 일제가 중국을 침략하기 위해 마치 중국이 아닌 다른 나라인 것처럼 분리하려고 정착시킨 말이에요. 그렇게 해야 자기네 세력으로 흡수할 수 있으니까요. 그래서 만주라는 말은 식민지 유산이라고요."

"그럼 뭐라고 불러야 하지?"

"고구려나 발해의 옛 땅이라고 하세요."

"중국은 동북삼성이라고 하는데."

"그것도 중국이 자기네 입장에서 말하려는 거예요. 우리 중심으로 봐야죠."

사장은 크게 감동 받은 표정이었다.

"몰랐다. 미안하구나."

"역사를 배우러 간다고 써 놓고 잘못된 용어를 쓰면 안 될 것 같아서요. 전 이만 가 볼게요."

창식이 나오려 하자 사장이 만류했다.

"학생은 몇 학년이야?"

"저요? 고등학교 1학년인데요?"

"우와, 그런데 모르는 게 없구나. 역사를 좋아하나 봐?"

"네. 유명 역사 강의도 다 들었고요."

"나도 역사를 좋아해서 이런 여행 프로그램 만든 건데."

그때 문이 열리고 아주머니 두 분이 들어왔다.

"저 바깥에 만주 여행 여기서 신청하면 가는 거예요?"

사장은 반색하며 맞았다.

"네, 그럼요. 만주 일대랑 연변과 하얼빈도 가실 수 있고요. 안중근 의사와 관련된 역사 현장도 구경할 수 있습니다. 아주 좋은 프로그램입니다."

듣고 있던 창식은 또 화가 났다.

"사장님, 만주라고 하시면 안 된다고 그랬잖아요."

"아, 그렇지. 미안, 미안."

아주머니들이 창식을 위아래로 훑어보더니 물었다.

"이 학생은 누구예요? 여기 직원인가요?"

"아, 직원은 아닌데요. 지나가다가 우리가 만주 여행이라고 써 놓은 걸 보고 그런 말을 쓰면 안 된다고 막 저를 가르칩니다.”

“호호호! 학생이 똑똑하네. 우리 아들은 역사 점수 빵점인데.”

“역사 공부는 어렵지 않아요. 역사는요, 외우는 과목이 아니라 이해하는 과목이고요. 내가 어디에서 왔나를 연구하는 과목입니다. 아드님한테 말해 주세요. 역사는 우리가 올바르게 살기 위해 공부하는 과목이라고요.”

창식은 신이 나서 떠들었다. 아주머니가 사장에게 물었다.

“이 똑똑한 학생과 여행 같이 가는 건가요?”

“아닌데요?”

“이런 학생이 우리 안내자로 가면 재미날 텐데.”

말을 마친 아주머니들은 명단을 꺼냈다.

“자, 여기 우리 여권 복사한 거고요. 여행 신청하겠어요. 우리는 여고 동창인데요, 친구들끼리 돈 모아서 가려고요.”

“감사합니다. 계약금은 10%만 내시면 돼요.”

사장은 신이 나서 계약금을 받고 서류를 처리했다. 별로 할 일도 없는 창식은 여행사 안에 비치한 각종 여행지 브로셔를 살펴보고 있었다.

아주머니들이 나가자 사장은 창식에게 다시 물었다.

“학생, 우리 매장에서 아르바이트 하지 않을래? 학생처럼 박식한 친구 처음 봤어. 전문 지식이 있으니 주말마다 와서 알바 좀 할래?"

귀가 번쩍 뜨이는 말이었다. 안 그래도 돈이 필요했는데 창식은 잘 되었다고 생각했다.

"무슨 일 하는데요?"

"상담하면서 아까처럼 그 지역의 역사에 대해 설명도 해주고, 예약도 도와주고."

그날부터 창식은 갑자기 역사 관광 상품을 설명하는 아르바이트생이 되었다. 풍부한 역사 지식으로 고등학생이 설명하니 방문했던 사람들의 반응은 한결같았다.

"학생, 대박이야. 자네 덕분에 역사에 대해 흥미가 생겼어. 고마워."

첫 주말에 열 시간 일하고 창식은 15만 원을 받았다. 태어나서 처음 벌어 본 돈이었다.

"학생이 소개하니까 고객들이 너무 좋아해."

"저 빨리 알바해서 돈 모아야 돼요."

"이달 말까지만 나와 주면 아르바이트 비용은 주고 자네를 여행 인솔자로 데려가고 싶어."

"학교는요?"

"학교는 체험 학습 신청해 놓고 가야지."

체험 학습으로 여행을 간다는 생각에 창식은 가슴이 부풀기 시작했다.

그 뒤 창식은 무려 70만 원의 돈을 아르바이트 비용으로 받을 수 있었다. 할아버지 돈을 갚기 위해 시작했지만 이 일을 하면서 창식은 역사에 대한 전문 지식이 더 늘어나게 되었다.

여행사를 찾아오는 사람들에게 설명하기 위해 고구려에 대한 역사책을 사서 읽었기 때문이다. 뿐만 아니라 창식은 고객 응대를 위해 친절에 관한 책도 읽었다.

"사장님, 제가 이런 얘기 하면 좋을지 모르겠는데요?"

"무슨 얘긴데?"

"이런 역사 여행은 어른들만 아니라 아이들도 가면 좋을 거 같아요."

창식은 조심스레 말을 꺼냈다.

"아이들?"

"네. 아이들을 위한 여행도 하나 만드세요. 제가 서민석 샘 강의 광팬이에요. 그분에게 같이 여행 가서 강의해 달라고 얘기해 볼게요."

"에이, 설마. 그분이 유명한데 오시겠어?"

"아니에요. 강사료와 여행비 일체를 우리가 준비해 드리면 되지 않을까요?"

"그래? 그게 정말 가능해?"

"제가 프로그램을 기획해 볼게요."

창식은 검색해서 서민석 강사의 소속사로 이메일을 보냈다.

New Message

안녕하세요?

저는 수유고등학교 1학년 박창식이라고 합니다.

어려서부터 서 강사님 팬이었어요.

저는 아르바이트로 여행사의 여행 프로그램을 기획하고 있습니다.

이번에 저희 여행사에서 고구려 옛 영토를 탐방하려 합니다.

혹시 저희와 동행하시고 역사 강의도 해주실 수 있는지요.

Send | ▲

그래서 창식은 어린이를 위한 역사 여행 프로그램을 짜기 시작했다. 곧 다가올 연휴에 앞서서 엄청난 프로그램을 기획해 놓은 것이다.

본사에 이 프로그램을 결재 올린 사장은 어느 날 뛰어왔다.

"창식 학생, 대박이야!"

"우리 지점이 직영점으로 허가를 받을 수 있게 됐어."

"그러면 좋은 건가요?"

"수익 배분을 더 받게 되지. 다 이게 창식 학생 덕분이야. 아르바이트가 아니라 이곳에서 우리 정식 직원 해라. 월급도 줄게."

"정말요?"

"그래. 창식 학생은 역사 지식을 활용해서 돈을 벌면 되잖아. 내가 월급을 줄 테니까 엄마 아빠하고 의논해 봐."

며칠 뒤 창식은 엄마 아빠에게 이 문제에 대해 이야기했다. 엄마는 시답잖은 표정이었다.

"쓸데없는 거 뭐 하러 하니? 공부나 하지."

그러나 아빠는 달랐다.

"아니야, 여보. 대학 갈 때 이런 경험을 하고 전문 지식을 가진 것은 아주 중요해. 대학교수들 좋아할 거 아니야? 우리 창식이 역사학과 간다고 역사만 공부했는데. 은근히 걱정이었거든. 근데 현장 경험을 가지게 되면 공부도 더 열심히 할 거야."

"맞아요. 안 그래도 외국 손님이 왔는데 영어로 한마디도 못 해서 부끄러웠어요. 영어 공부 좀 열심히 해야 되겠다는 생각이 들었고요. 내가 원하는 대학교 국사학과 가려면 이렇게 공부해서 안 된다는 걸 알았어요."

"그래 그래. 우리 아들이 많은 것을 깨달았네. 네가 한참 역사에만 빠졌을 때 어떻게 하나 걱정되었는데."

"열심히 공부할게요."

"그래. 학원 같은 거 가고 싶으면 말해라."

"아빠 사실은……."

창식은 자동차를 망가뜨려서 돈을 벌어야 되고 돈을 벌기 위해서 열심히 알바를 하고 있다는 이야기를 했다. 사연을 듣자마자 아빠는 웃었다.

"하하하! 역시 우리 아들이로군. 걱정하지 마라, 아들. 아빠가 돈 내줄게."

"아니에요. 돈은 이미 아르바이트로 받았어요. 그냥 아빠를 속이기 싫어서 말씀 드리는 거였어요."

다음 날 학교 가다가 창식은 문자를 받았다. 서민석 강사였다. 여행 프로그램에 대한 메일을 보내고 창식은 조마조마한 마음으로 답을 기다리고 있었는데 드디어 답변이 온 것이다.

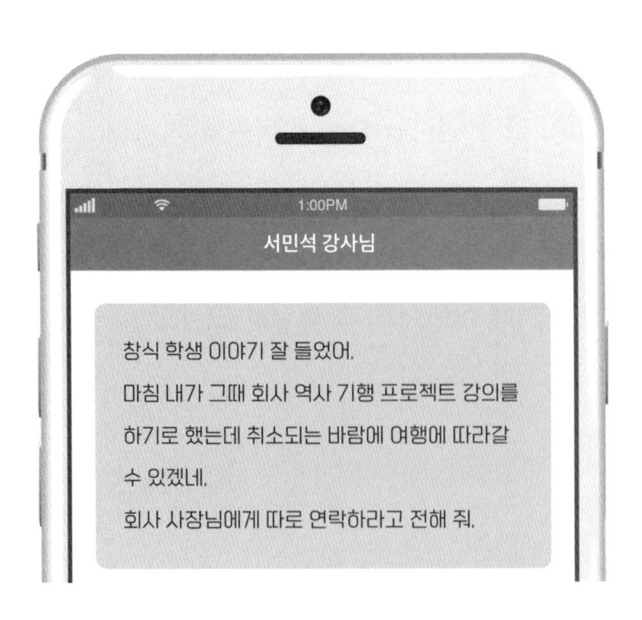

창식은 펄쩍 뛰어올랐다. 앞으로 창식은 자신의 전문 지식으로 얼마든지 즐기며 돈을 벌어 부자가 될 수 있겠다는 생각을 했다.

자기 꿈을 발표하는 시간에 창식은 앞에 나가 말했다.

"저는 역사를 공부해서 역사 관련 사업을 할 겁니다. 역사는 돈이 안 된다고 하지만 여행 상품을 개발하거나 강연 또는 출판 기획 등 저의 역사 전문 지식으로 부자가 되겠습니다."

듣고 있던 아이들은 모두 박수를 쳤다. 어떤 아이들은 창식을 존경하게 되었다.

나폴레온 힐의 부자 되는 생각 한 스푼

① 전문적인 지식은 사람들에게 필요한 서비스를 제공할 수 있는 능력을 갖추게 합니다. 이는 다시 말해, 수요가 많은 서비스를 제공할 수 있기 때문에 수입을 얻게 해줍니다.

② 또한 전문적인 지식은 경쟁력 있는 가격을 책정할 수 있는 능력을 제공합니다. 부자들은 경쟁에서 이길 능력을 가지고 있으며, 전문적인 지식을 활용해 경쟁자보다 우위에 설 수 있습니다.

③ 전문적인 지식은 기업가 정신을 자극시키며, 창의성을 유발합니다. 이는 새로운 아이디어와 기회를 창출하는 데 도움이 됩니다.

④ 전문적인 지식은 투자 결정을 내리는 데 필요한 정보를 수집하는 능력을 강화시킵니다. 남들보다 많은 정보를 빠르게 얻을 수 있기 때문입니다. 이는 부의 형성에 중요한 역할을 합니다.

⑤ 전문적인 지식을 갖춘 사람들은 자신이 관심 있는 분야에서 일할 가능성이 높습니다. 이는 자신의 열정과 노력을 발휘할 수 있는 기회를 제공하므로, 부자가 되는 데 큰 도움이 됩니다.

문준의
상상력

집에 돌아온 문준은 힘없이 집 안에 대고 외쳤다.

"다녀왔습니다."

문준네 집은 인쇄소 이층에 있다. 아빠는 인쇄소에서 일한다. 아빠는 요즘 일감이 없다고 매일 집에 일찍 들어와서 텔레비전을 보는 게 일이다. 그런데 어쩐 일로 집에 아빠는 물론이고 엄마도 없는 것이었다.

"어, 어디들 가셨지?"

샤워를 하고 문준은 아래층으로 내려가 보았다. 인쇄소는 정신없이 돌아가고 있었다. 기계 소리가 들린다는 것은 돈이 들어온다는 뜻이어서 문준은 기분이 좋았다. 아빠는 겉옷까지 벗어부치고 기계를 들여다보며 뭔가를 열심히 인쇄했다. 엄마 역시 아빠가 찍어내는 물건들을 한쪽으로 묶어 쌓는 중이었다.

"아빠, 이게 뭐예요?"

"어, 갑자기 포스터 발주가 들어왔다."

기계 소리가 커서 아빠가 고함치듯 말했다.

"포스터요?"

인쇄된 포스터 한 장을 들어 보았다. 거기에는 잘생긴 정치인의 얼굴이 있었다.

미래의 희망 강철수가 강북에 옵니다

포스터의 카피가 강렬했다.

"이 사람 텔레비전에서 많이 본 사람인데요?"

"그렇지?"

"아, 이 사람 과학자잖아요. 과학자인데 노벨물리학상 후보도 되었던 사람."

"맞아. 이분이 정치를 시작했어."

"정치요?"

"응. 지금 우리나라 현실을 도저히 두고 볼 수 없다고, 바로잡겠다고 지금 정치에 뛰어드셨어."

"이분이 우리 동네에 와요?"

"응. 저기 솔밭공원에 사람들이 몰려온다고 그러더라. 지지자들이 온대."

"언젠데요?"

"날짜를 봐라. 보름 뒤야."

솔밭공원이라면 바로 북한산 아래 움푹한 계곡 안에 있는 아늑한 공원이었다. 잔디가 깔려 있어서 평상시에는 시민들이 자주 가는 곳이었다.

"대통령 선거에 나간대요?"

"아냐. 대통령 선거는 앞으로도 4년이나 남았잖니."

"그런데 왜 오는 것이죠?"

"지금부터 준비하는 거지. 사람들을 모아 자기 위세를 과시해야지."

"몇 장이나 찍는 거예요?"

"5만 장 찍으라더라. 서울 곳곳에 붙인다고……. 아빠 아는 사람이 강철수 후보의 보좌관이잖아. 그래서 나한테 일감을 준 거야. 바쁘다 바빠."

아빠는 은근히 기분이 좋은 것 같았다. 포스터 한 장을 빼내 들고 올라온 문준은 상상의 나래에 빠졌다.

'아, 사람이 많이 모이니까 떡볶이 장사를 하면 좋겠다. 그러면 돈을 벌잖아.'

하지만 떡볶이 장사를 하려면 푸드트럭이 있어야 했다. 떡볶이를 만들어 파는 것은 먹어 보긴 했지만 자기가 만들어 판다는 것은 불가능했다.

'가서 뭘 팔지? 뭔가 팔면 나도 돈을 벌 텐데.'

기암성에서 50만 원을 가져오라는 이야기가 계속 문준에게는 압박으로 다가왔다. 느낌은 좋았다. 사람들이 수천 명이 몰려온다고 하니 문준은 이 기회를 잡지 않으면 자기 혼자 힘으로 돈을 벌 수는 없다는 생각이 들었다.

'뭘 해서 벌지?'

문준은 인터넷에 들어가 검색해 보았다. 정치 집회를 보니 많은 사람들이 피켓을 들고 나오기도 하고 현수막을 흔들기도 했다. 그런 것들도 돈은 되겠지만 현수막이나 피켓을 만드는 것은 전문가들이나 하는 일이었다. 자신이 손댈 수 있는 게 아니었다.

'어떻게 해야 좋을까? 뭔가 돈 벌 게 있을 거 같은데.'

문득 문준은 솔밭공원에 소풍 갔던 게 생각났다. 여러 학교가 몰려온 공원에서 아이들이 점심을 먹다가 갑자기 소나기가 쏟아져 대피하느라 정신을 못 차렸던 기억이 났다.

'맞아. 솔밭공원은 일기가 불순해.'

그곳은 일기 예보가 전혀 맞는 곳이 아니었다. 깊은 산 계곡에서 수증기가 올라오면 소나기가 내리기도 하고 여름에 우박이 떨어지기도 하는 곳이었다.

'사람들이 많이 모였을 때 비가 오면 볼 만하겠다.'

상상이 나래를 펼쳤다.

'비가 오면 행사가 망할 거야.'

그 순간 번쩍 아이디어가 떠올랐다.

'아, 우산을 갖다가 팔면 되겠다! 아니야. 편의점에 가면 우산 잔뜩 있는걸 뭐.'

문준은 다시 실망했다.

'뭘 팔면 좋지?'

그때 사람들이 다른 정치 집회에서 모자나 피켓에 캐릭터 붙인 사진을 보았다.

'아, 귀여운데?'

순간 아이디어가 떠올랐다.

'그래. 이 캐릭터를 스티커로 만들어서 팔아 보는 거야. 큼지막하게 만들어서 천 원씩 팔자. 지지자들이니까 하나씩 사겠지? 열 개면 만 원. 백 개면 십만 원. 천 개면 백만 원……. 수천 명이 온다니까 오십 개는 팔리지 않겠어? 아냐. 백 개는 팔릴 거야. 잘하면 벌 수 있어. 오예! 이걸 하는 거야.'

문준은 갑자기 상상의 나래를 펼치다 아빠에게 뛰어갔다.

"아빠, 스티커 만들려면 돈 많이 들어요?"

"스티커? 몇 장 만드느냐에 따라 다르지."

"아빠가 만들어요?"

"아빠는 못 만들어. 아빠 친구가 스티커 작업하잖아. 왜? 너 스티커 만들려고?"

"네."

좋은 정보였다. 아빠 친구에게 부탁하면 되는 거다.

다시 방으로 돌아왔다. 스티커를 만들어 줄 수 있다는 사실을 알게 되니 갑자기 희망이 생겼다.

'예쁜 캐릭터를 만들어야 되는데 어떻게 만들면 좋을까?'

고민하다 보니 갑자기 요즘 유행한다는 인공지능이 떠올랐다.

'그렇지. 인공지능으로 예쁘게 만들어 보는 거야. 내가 캐릭터 상품을 개발하면 되잖아.'

문준은 미드저니라는 인공지능 그림 그리는 프로그램에 들어가 강철수 얼굴 사진을 넣은 뒤 다양한 명령어를 입력해 보았다. 미드저니가 여러 개의 그림들을 그려 주었다. 몇 가지를 마음에 들게 고친 다음에 문준은 스티커로 만들 디자인을 확정했다.

정신을 차리고 보니 밤 열두 시가 넘었고, 엄마 아빠는 어느새 들어와서 자고 있었다.

'어, 빨리 자야 되겠다.'

다음 날부터 문준은 자신의 상상을 실현하려 애를 썼다.

하지만 스티커 제작을 하는 데 비용이 들었다. 아빠 친구에게 전화했더니 문준이 하는 거라면 원가에 스티커를 주겠노라고 했다. 문준은 상상했다. 스티커가 많이 팔리면 돈이 생기기 때문에 아저씨에게 외상으로 살 수 있을 거라는 생각이 들었다.

"아저씨, 제가 나중에 꼭 갚을게요."

"그래라. 잘 팔아서 꼭 갚아라. 스티커 디자인이 나오면 보내."

"네."

문준은 지원과 창식에게 자신의 아이디어를 보내 주었다.

"야, 이렇게 만들어서 그날 온 사람들에게 스티커를 파는 거야. 싸니까 지지자들이 많이 살 거 아냐. 귀엽게만 만들면 팔 수 있을 거 같아."

"그런데 어른들이 스티커를 사겠냐?"

"사서 주변에 나눠 주고 아무 데나 막 붙이잖아. 지지자들이 지나간 자리에다가 이 스티커 붙여 놓은 거 봐."

경찰차에다가 붙여 놓은 스티커도 있었고 오가며 나무라든가 여기저기 게시판에 붙여 놓은 스티커를 보여 주었다.

"스티커를 좋아하긴 하네. 지지자들이."

문준이 고개를 끄덕였다.

"스티커를 계속 붙여 놓으면 홍보 효과가 있기 때문이야."

창식도 말했다.

"그런데 과연 사람들이 스티커를 살까? 얼마나 내고 살까?"

"몰라. 가격도 정해야 되고 물건도 팔아야 돼. 너희들도 나랑 같이 가서 도와주지 않을래?"

"도와줄 수 있지. 얼마 줄 건데?"

아이들은 기암성 사건 이후 경제 개념에 매우 민감하게 되어 있었다.

"야야, 내가 알바비 줄게."

그리하여 아이들은 모두 강철수가 오는 유세날 모든 것을 준비해서 만나기로 하였다.

그날 밤 문준은 사람들이 모여 있는 곳에 엄청난 비가 쏟아지는 것을 꿈에서 보았다.

'가만있어. 스티커를 안 살 수도 있잖아. 우산을 사야 되는데 당장 알아보자.'

문준은 다음 날 학교가 끝나자마자 솔밭공원 주변의 편의점을 다 들어가 보았다.

"아저씨, 우산 있어요?"

"그래, 저기 우산 있다."

"이런 우산 많이 있나요?"

"갑자기 비 올 때 사람들이 사 가긴 하는데 많이 갖고 있지는 않아. 우산은 부피가 커서 말이야. 한 열 개 정도 재고가 있지."

"아, 그렇군요."

문준은 회심의 미소를 지었다. 문준이 솔밭공원 주변을 둘러보았더니 편의점이 일곱 개 있었다. 다 해봐야 우산이 열 개씩 해도 칠십 개밖에 없는 것이었다.

'아, 그날 비가 왕창 와야 되는데.'

문준은 인터넷에 들어가서 솔밭공원 지역에 비 온 역사를 뒤지며 날짜를 검색해 보았다.

그걸 보는 순간 문준은 박수를 쳤다. 환절기여서 비 올 확률이 60%가 넘는 것이었다.

'그렇구나. 이 무렵 여기에 소나기가 많이 왔었어. 해볼 만해.'

그렇다면 문제는 이제 우산을 사는 것이었다. 인터넷을 뒤져서 문준은 우산 가격을 알아보았다. 소매가는 천차만별이었지만 원가로 사는 것은 쌀 거 같았다.

여기저기 알아보다 결국은 우산 파는 도매상을 알아냈다. 도매상에서 우산 하나에 2천5백 원씩 팔고 있었다. 열 개면 2만5천 원, 백 개면 25만 원이 필요했다.

'돈이 필요하네. 비가 안 오면 망하는 거잖아. 이래서 장사를 못 하는구나.'

문준은 풀이 죽어 집에 돌아왔다. 아빠는 포스터 인쇄를 다 마쳤는지 집에 있었다.

"아들, 왜 풀이 죽었냐? 김사장이 그러는데 너 스티커 주문하기로 했다면서."

"네, 강철수 아저씨 유세하는 날 팔아 보려고요."

"우리 아들 녀석 기특한걸. 웬일로 철이 다 들었어? 돈을 다 벌겠다고 하고."

아빠는 흐뭇해했다.

"스티커, 그거 얼마나 받으려고? 백 원?"

"아빠, 지지자들이 백 원만 내고 사겠어요? 최소한 천 원, 2천 원, 3천 원 세트로 만들 거예요."

"오, 세트. 글쎄, 잘 될까?"

엄마는 옆에서 한심하다는 표정이 되었다.

"엄마, 김 빼지 마요. 아들이 뭐 좀 한다 그러는데."

과일을 먹으며 아빠는 문준의 이야기를 들어 보았다.

"그날 비가 많이 올 거 같아서 사실 우산도 좀 팔고 싶은데요."

"우산? 비가 온다고? 어떻게 알아?"

"제가 날씨 통계를 다 뒤져 봤더니 그 무렵에는 솔밭공원 쪽에 비가 많이 와요."

"하기는 아빠도 운동하러 가 보면 항상 비가 왔었어. 이 무렵 계곡이 깊고 날씨 변화가 좀 심하지."

"근데 우산 하나에 2천5백 원이래요. 사다가 만 원에 팔려고 그랬는데. 비가 왕창 쏟아지면 다 사 갈 텐데 말이에요."

"2천5백 원? 너 돈이 어디 있니?"

"없어요. 그래서 못 살 것 같아요. 스티커만 팔아가지고는 돈이 안 되는데."

그러자 아빠가 웃었다.

"하하하. 이 녀석아, 아빠가 맨날 그런 일 하는 사람이잖아."

"아빤 인쇄소 하는데요?"

"인쇄소를 하더라도 다 연결돼 있어. 잠깐 기다려 봐. 아빠 찬스를 써 보자. 기념품 만드는 아빠 친구가 있다."

아빠는 전화를 걸었다.

"어이, 우리 아들이 우산 장사를 좀 하겠다는데 말이야. 이 녀석이 자본금 없이 하려고 해. 우산 싸게 하려면 얼마나 돼? 천8백 원이면 된다고? 이 녀석이 자본이 없다고 해서 내가 자본을 좀 댈까 했는데 자기 힘으로 해야 된다고 그래서."

"아빠, 저 좀 바꿔 주세요."

문준이 어디서 그런 용기가 났는지 알 수 없었다. 문준이 전화기를 받자마자 아저씨에게 사정을 말했다.

"아저씨, 우산을 사려고 그러는데요. 백 개쯤 사면 한 개당 천8백 원이어도 18만 원이 있어야 되잖아요? 그래 가지고 지금 제가……."

횡설수설 돈 없다는 이야기를 하자 듣고 있던 아빠 친구는 웃으며 말했다.

"어, 그래? 그러면 후불로 하고 팔고 남은 건 반품 받아 줄게.

괜찮겠냐?"

"정말요? 그렇다면 돈 안내도 되는 거죠?"

"그래. 잘 팔기나 해봐. 네가 와서 원하는 디자인 골라라."

"야호!"

문준은 펄쩍 뛰었다.

"이 녀석, 이게 다 아빠 빽인 줄 알아라."

"아빠, 고맙습니다."

문준은 넙죽 엎드려 절까지 했다.

아빠, 엄마는 문준이 방에 들어가서 계획을 짜는 것을 보며 흐뭇해했다.

"저 녀석이 말도 안 되는 상상을 하고 있는데."

"정말 어처구니가 없어요."

엄마는 고개를 저었다.

"여보, 사람이 상상을 해야 뭔가를 하는 거야. 나는 망해도 좋고 잘 되도 좋다고 봐."

"왜요?"

"망하면 세상이 이렇게 녹록치 않다는 것을 알게 되는 거고 잘 되면 그걸 통해서 돈 번 경험으로 철이 들 거 아냐. 뭔가를 하겠다는 것은 정말 좋은 일이라고."

아빠 엄마는 웬일인가 싶어 흐뭇해하고 있었다. 문준은 그 사이에 친구들에게 문자를 보냈다.

야, 드디어 상상이 현실로 됐다.
우산을 백 개 가져올 거야.
비가 올 경우를 대비해서
가지고 있다가 비가 오면 왕창 팔자.

안 팔리면 어떡하냐?

안 팔리면 아저씨가 다 반품 받아 준대.

오 대박!

팔리는 대로 우리가 먹는 거야?

단톡방의 아이들은 모두 흥에 겨웠다.

다음 날 스티커가 택배로 배달되어 왔다. 스티커 역시 아빠 친구가 만든 것이어서 돈 한 푼 없지만 후불로 받기로 한 거였다. 스티커 양을 보자 친구들은 모두 기가 질렸다. 박스로 세 개가 오니 당황한 것이다.

"이런 게 과연 팔릴까?"

"글쎄 말이야. 하나도 못 팔지도 몰라."

"야, 스티커는 돈 줘야 되잖아?"

"응. 아저씨가 재료를 쓴 것이기 때문에 무조건 돈을 줘야 돼. 우산은 그대로 반품하면 포장 안 뜯고 드리면 되는데."

다음 날 우산까지 날아왔다. 문준의 방은 갑자기 우산과 스티커 박스로 가득 찼다. 상상을 현실로 만드는 것은 엄청난 일이었다. 하지만 문준은 친구들과 차분하게 준비를 했다. 피켓을 만들어 글씨를 예쁘게 쓰고 스티커를 붙였다.

스티커를 다양하게 준비해 놓았다. 창식이 자기 집에 있는 무전기까지 가지고 왔다.

"야, 우리 무전기로 서로 연락하자."

"그래. 사람이 많으니까 각자 물건들 담아가지고 다니면서 물건을 파는 거야.”

“그래. 솔밭공원에서 우리가 외치면서 팔면 돼.”

“연습해 보자.”

아이들은 집 바깥으로 나갔다.

“야, 한번 외쳐 봐.”

누구도 외칠 수가 없었다. 거리에서 호객을 하는 건 장난이 아니었다. 다들 입을 다물고 있었다. 지나가는 사람들이 흘깃흘깃 쳐다봤다.

“야, 이래가지고 어떻게 돈을 버냐?”

문준의 속이 터졌다.

“자, 스티커 왔어요! 강철수 스티커예요!”

문준이 크게 외치자 나머지 세 아이는 너무나 부끄러워 다시 움츠리고 말았다.

“큰일인데? 부끄러워서 도저히 물건을 팔 수가 없어.”

그때 문준이 말했다.

“야, 말하지 말고 그냥 피켓을 잘 쓰자. 그리고 사람들이 물어보면 팔자.”

“그래. 그리고 그날 옷에다가 이 스티커를 다 붙이자.”

“그거 좋은 아이디어야.”

드디어 디데이(D-day)가 왔다. 솔밭공원엔 아침부터 사람들이

꾸역꾸역 몰려들고 있었다. 일기 예보는 대체로 화창하며 오후에 잠깐 지역에 따라 흐리거나 비가 온다고 나왔다. 문준은 토요일 일찍 그곳으로 아빠가 쓰는 카트에 상자 네 개를 싣고 낑낑대며 갔다. 한쪽 구석에 상자를 놓고 아이들은 등나무 밑 정자에 자리를 잡았다. 사람들이 서서히 모여들기 시작했다. 하지만 뻘쭘했다. 뭘 어떻게 해야 할지 알 수가 없었다.

"야, 너희들 뭐 하는 거냐?"

지지자 한 사람이 기다림이 무료했는지 다가와서 물었다.

"아, 저희들요? 강철수 아저씨를 지지하는 사람들인데요. 스티커 판매하려고 왔어요. 아르바이트예요."

"그래? 어린 녀석들이 기특하네. 스티커 줘 봐라."

"정말요? 아저씨, 감사합니다. 아저씬 개시니까 세트 2천5백 원인데 2천 원에 드릴게요."

"허허 녀석들. 다섯 세트 줘라."

"네? 정말요?"

아저씨가 다섯 세트를 사다가 친구들에게 나눠 주는 것이 저만치에 보였다. 아저씨들은 스티커를 보면서 재밌다는 듯이 이마에 붙이는 사람도 있었고 앞뒤 등판에 붙이는 사람도 있었다. 그걸 보자 사람들이 한두 명씩 찾아와서 물어보기 시작했다.

"이 스티커 너희들이 파는 거냐?"

"네. 저희들이 파는 거예요. 다양하게 있어요."

사람들이 모여들기 시작할 때 스티커 몇십 개를 팔았다. 그래 봐야 얼마 벌지 못한 거였다.

"야, 이대로는 안 되겠다. 더 열심히 뛰자."

아이들은 이곳저곳에 흩어져서 스티커를 팔기 시작했다. 돈이 들어오기 시작하자 목소리가 나왔다.

"강철수 스티커입니다. 강철수! 강철수!"

지지층인 것처럼 외치며 돌아다녔다. 역사를 잘 아는 창식이가 사람들 앞에서 말하는 게 설득력이 있었는지 많이 팔고 왔다. 문준이 역시 잘 팔았다.

드디어 점심시간이 되었다. 앞에서 다른 사람들의 지지 연설이 이어지고 있었다. 사람들은 여기저기서 도시락을 먹었다. 돈 번 것이 기껏해야 10만원 안팎이었다. 하늘에 구름은 왔다 갔다 했지만 비가 올 기세는 전혀 없었다.

"야, 저 우산은 그대로 반납해야겠다."

"그러게 말이야. 우리도 그냥 삼각김밥이나 먹자."

아이들은 편의점에 가서 김밥을 사다 먹었다. 그러고는 다시 힘을 내서 모여든 사람들 사이를 뚫고 들어갔다. 이대론 안 되겠다고 문준이가 좌절하고 있을 때였다. 갑자기 머리 위에 툭 빗방울이 떨어졌다. 고개를 드는 순간 비가 한 방울 두 방울 떨어지기 시작하더니 소나기로 변했다.

"앗! 비다!"

연설을 들으러 온 사람들 중 미리 우산을 준비한 사람들은 들었지만 나머지 사람들은 당황해 소나무 밑 이곳저곳으로 몸을 피하기 시작했다.

"비 온다. 비!"

"야, 빨리 우산 꺼내. 우산."

아이들은 좋아서 함성을 지르며 우산을 꺼냈다. 지금이야말로 기회였다.

"우산이요 우산. 만 원입니다. 만 원."

"만 원이에요."

하지만 사람들은 가져온 우산을 쓰고 있거나 소나기니까 비껴가겠지라는 생각을 하는 거 같았다. 하나도 팔리지 않았다. 이때 문준은 갑자기 머릿속에서 상상력이 발동했다. 여기 있는 사람들이 모두 스티커가 붙은 우산을 쓰면 멋지겠다는 생각이 들었다.

"애들아, 우산 몇 개씩 풀어 봐."

"왜?"

"빨리 풀어서 펴."

새 우산 한쪽에다가 강철수의 얼굴이 붙어 있는 대문짝만 한 스티커들을 덕지덕지 붙였다. 그리고 문준이가 먼저 외쳤다.

"우산이요. 강철수 우산입니다. 강철수 스티커 우산입니다.

이걸 쓰고 다니시면 강철수 후보를 지지할 수 있어요. 우산입니다."

그걸 보자 사람들은 손을 내밀기 시작했다.

"어, 강철수 우산 멋있다. 나 하나 줘라."

"네. 여기 있습니다. 만 5천 원입니다."

우산은 불티나게 팔리기 시작했다. 어떤 사람은 열 개를 달라고 했다. 동료 지지자들에게 나눠 줘야 된다는 것이다. 그날 강철수 후보는 옆 사람들이 받쳐 주는 스티커 붙은 우산 아래서 연설을 끝까지 마쳤다.

"저는 대한민국을 바꾸겠습니다. 정의와 법과 질서가 존중되는 대한민국을 만들겠습니다. 이 하늘에서 내려오는 비는 바로 하늘이 저를 축복하는 비입니다. 여기저기에서 저 강철수를 지지하는 우산을 써 주신 분들, 제가 여러분의 우산이 되어 드리겠습니다."

강철수가 스티커 붙은 우산을 보고 외치는 순간 사람들은 모두 몰려왔다.

"야, 우산 줘."

"강철수 우산 어딨니?"

"강철수 우산."

행사가 끝난 뒤 아이들은 빈 상자를 착착 접어서 분리 배출을 했다. 모든 스티커와 우산이 다 팔려 나갔다. 아이들은 애써 표정 관리하며 집으로 돌아갔다. 이렇게 대박이 날 줄은 꿈에도 몰랐던 것이다.

집에 와서 아이들은 정산하면서 기분이 좋았다. 만 원짜리, 5만 원짜리, 천 원짜리가 수북했던 것이다. 사람들은 만 원짜리 우산이지만 만 원만 내지 않았다. 젊은이들이 수고한다고 5만 원을 주고 간 사람도 몇 명 있었던 것이다. 문준이의 상상력이 돈으로 바뀌는 순간이었다.

"우아, 157만 원이야."

"만세!"

"대박!"

아이들은 만세를 불렀다. 원가를 제외하고도 100만 원 가까운 돈을 벌었다. 상상력이 돈이 될 줄은 아무도 몰랐다.

나폴레온 힐의 부자 되는 생각 한 스푼

나폴레온 힐은 부자가 되는 비밀로 상상력을 꼽았습니다.

인간은 상상력의 동물입니다. 눈앞에 보이는 것뿐만 아니라 앞으로 벌어질 일, 또는 이 세상에 없는 일들을 상상해 낼 수 있는 능력이 있습니다.

요즘은 세상이 빠르게 변합니다. 그리고 많은 정보가 쏟아져 들어오고 있습니다. 기술도 발전하고 있습니다. 이런 것들이 융합되면 그 안에서 전혀 새로운 엉뚱한 것이 나올 수 있습니다.

인간의 역사는 갈수록 빠른 속도로 수많은 아이디어와 상상력을 통해 발전해 왔습니다. 하늘을 날겠다는 상상을 통해 비행기가 발명되었습니다. 이제는 화성에 가겠다는 상상을 구체적으로 만들어 내고 있습니다.

이러한 상상력을 제한하는 것은 바로 이성입니다. 이성은 기존의 정보와 지식을 토대로 판단하는 능력입니다. 물론 소중한 능력이긴 하지만 상상력은 무한합니다. 제한적인 이성으로 상상력을 판단할 수는 없는 것입니다. 상상력에는 두 종류가 있습니다.

① 합성적 상상력

합성적 상상력은 과거의 많은 요소들을 결합하여 상상하는 것입니다. 발명가들이 주로 쓰는 상상력입니다.

② 창조적 상상력

창조적 상상력은 예감과 영감입니다. 논리적으로 설명할 수는 없지만 성공하는 사람들에게는 본능적으로 미리 느끼거나 무엇인가로부터 기발한 아이디어나 자극을 받는 경우가 있습니다.

이 두 가지 상상력을 동시에 사용할 수 있어야 합니다. 이런 상상력은 사용할수록 강해집니다. 상상력을 가장 자극하는 요소 중 한 가지는 돈을 벌겠다는 강력한 의지가 의지입니다. 열망을 돈으로 바꾸겠다는 생각을 하다 보면 무한한 상상력이 가동되기 때문입니다.

민혁의
조력 집단

주택의 이층 방 한쪽에서 기타 소리가 흘러 나왔다.

“딩동댕동, 딩동댕동!”

그러면서 나지막한 목소리로 노래가 흘러 나왔다.

집 떠나와 열차 타고 훈련소로 가던 날

부모님께 큰절 하고 대문 밖을 나설 때

고인이 된 김광석의 노래였다. 노래를 부르는 사람은 민혁이다. 민혁은 울적한 마음에 김광석의 노래를 부르며 슬픔을 달랬다. 한 곡 부르고 난 뒤 민혁은 생각했다.

‘아, 나는 뭐 해서 돈 벌지?’

자신을 뺀 친구들은 차곡차곡 기암성에 가져가야 할 돈을 모으고 있었다. 자기만 뒤에 처지는 느낌이었다. 어제 민혁은 지원이를 도와 강철수 우산을 팔고 왔다. 지원이가 일하느라 수고했다고 5만 원을 준 것이 번 돈의 전부였다. 서너 시간 일하고 5만 원을 받았으니 최저 임금은 된 셈이었지만 민혁이 벌어야 할 돈은 앞으로도 45만 원이었다. 화가 난 민혁은 가난한 락 음악 가수였던 장기하의 노래를 부르며 시름에 잠겼다.

싸구려 커피를 마신다
미지근해 적잖이 속이 쓰려 온다

이렇게 노래를 부르고 있으면 위로가 되었다. 어려서부터 기타를 치고 노래를 불렀던 민혁은 한때 가수가 될까 생각도 했다. 그러나 가수의 길은 멀고도 험했다. 그냥 취미로 하라고 엄마 아빠가 이야기했다. 민혁의 가슴 속에는 다른 계획이 있었다.

'나중에 직장 잡고 돈 벌면 그때 가수 해야지. 음반도 내고.'

하지만 당장 급한 것은 기암성의 자동차를 망가뜨린 대가를 빨리 갚는 것이 중요한 일이었다. 답답한 나머지 민혁은 친구들에게 문자를 보냈다. 아이들은 단톡방을 이미 만들고 있었던 것이다.

야, 너희는 다 돈을 만들고 있는데 나만 문제야. 민혁

너도 어서 만들어. 뭘 하면 좋을지. 문준

아무 생각이 없어. 민혁

그러자 지원이 문자를 보내 주었다.

민혁아, 네가 가장 잘하는 거 해.
창식이나 문준이 봐, 자기가 잘할 수 있는 거를
했잖아. 지원

너희들은 역사 지식도 있고 상상력이라도
있지만 나는 아무것도 없어.
노래하고 가사 쓰고 음악 만드는 것밖에. 민혁

민혁의 재주는 작사 작곡 능력이었다. 말도 안 되는 가사와 음악이었지만 민혁은 떠오르는 악상을 스마트폰에 녹음하기도 하고 악보에 그려 넣기도 했다. 가끔 친구들은 민혁의 우스꽝스러운 노래를 들으며 배꼽을 잡곤 했다. 가장 웃기는 노래는 포켓몬을 가지고 만든 노래였다.

귀여운 포켓몬

하루하루 성장몬

잡거나 바꿀 수 있지몬

진화하는 포켓몬

친구와 사귀는 우정몬

내 이름 새기몬

좋은 일 생긴다몬

포켓몬의 특성을 노래한 이 곡에 지원과 창식, 문준은 모두 공감한 적이 있었기 때문이다. 그때 창식이 말했다.

"야, 그럼 너 대학로에 가서 길거리 공연이라도 해."

"길거리 공연? 야, 내 실력으로 무슨 길거리 공연이야."

"야, 거기 가수들 보면 노래 잘하는 사람만 나오는 게 아냐. 저번에 보니까 웃기는 아저씨도 노래했는데 돈 많이 벌어 갔어."

순간 민혁은 약간 당겼다. 그나마라도 해야 할 것만 같았기 때문이다.

"우리 이번 주 토요일에 대학로에 나가 보자. 내가 한턱 쏠게."

우산을 팔아 돈을 많이 번 문준이 의기양양하게 이야기했다.

"그래?"

"응. 가서 한턱 쏘고 시장 조사도 할 겸 나도 거기 나가려고 해. 대학로도 정치인들이 많이 모이는 곳이잖아."

그러자 창식도 말했다.

"그래. 나도 시장 조사 해야 돼. 역사 기행을 누가 가는지 봐야지."

지원만 웃었다.

"야, 개 끌고 나는 거기까지는 못 가."

각자 말하는 것을 보니 벌써 사업가라도 된 것 같았다.

"생각해 볼게."

"야, 생각할 게 뭐 있냐? 네가 할 줄 아는 걸로 돈을 벌면 되지. 안 되면 스트레스나 풀고 오자고."

"그래 그래. 우리가 찍어서 동영상이라도 올릴게."

"정 안 되면 우리가 돈을 나눠서 만들어 줄게. 우리가 번 돈으로."

"야, 그것은 안 돼. 미안해서."

민혁이 고개를 저었다.

"야, 우리가 의리가 있는데 그까짓 거 돈 몇십만 원에 그러겠냐? 우리가 나눠 내면 돼."

"너, 5만 원은 벌었잖아."

"그래. 문준이가 준 돈 5만 원이야. 나머지 45만 원 모아야 돼."

"우리가 10만 원씩만 모아도 35만 원이니까 길거리 공연 가서 15만 원만 벌자고."

"그래도 될까?"

"야, 우리가 의리로 뭉친 친구들 아니냐."

그때 계획성 있는 지원이 말했다.

"내가 기획안 만들어 줄게."

창식이도 말했다.

"생각해 봐. 거기 사람들이 많이 모여서 너한테 또 돈 많이 줄지 어떻게 아냐."

"글쎄, 길거리 공연은 안 해 봤는데."

"우리가 도와줄게."

"그래, 고마워."

그날 저녁 기획안이 날아왔다. 토요일에 대학생과 관광객들이 오갈 때 길거리 공연을 하기로 했다. 아이디어는 창식이 게 좋았다. 가난한 학생에게 돈이 꼭 15만 원 필요하다고 써서 붙이자는 내용이었다.

"솔직하게 쓰는 거야. 15만 원이 딱 필요하다고 써 놓으면 모을 수 있을 거야."

"그, 그래. 알았어."

토요일 아침 아이들은 모두 전철을 타고 대학로에 나갔다. 민혁은 어깨에 기타를 메고 있었다. 지원이 앰프를 들어 주었고 창식이도 보면대를 들고 갔다.

"길거리 공연 하는 데 이렇게 사람이 필요할 줄 몰랐어."

"그래, 친구끼리 도와줘야 다 되는 거야."

아이들은 쭈뼛쭈뼛하며 토요일 오전 11시에 대학로 나무 밑에서 길거리 공연 할 준비를 했다.

"야, 어떡하지? 용기가 안 나."

"걱정하지 마. 깡으로 해 보는 거야."

민혁이 주저주저하자 문준이 말했다.

"야, 내가 우산 팔 때는 뭐 쉬운 줄 알았냐? 얼굴에 철판 깔고 한 거야. 너도 좀 해 봐."

"아, 알았어."

드디어 첫곡을 부르기 시작했다. 민혁이 좋아하는 포크 송이었다. 그러나 아무도 쳐다보지 않았다. 앰프 상태도 좋지 않았다. 재빨리 창식이 소리를 들어 보며 앰프를 맞춰 주었다. 그러고는 커다란 종이에다가 사연을 적었다.

저는 15만 원이 필요합니다.

실수로 이웃집 자동차를 망가뜨렸습니다.

보상금으로 50만 원을 드려야 하는데

친구들이 10만 원씩 보태 주기로 했습니다.

제 돈 5만 원을 보태어도 15만 원이 필요합니다.

노래를 듣고 조금이라도 즐거우시면

한 푼씩이라도 보태 주세요.

내용은 아주 간절했다. 하지만 그것 가지고는 안 될 것 같았다. 지원이와 문준이가 공원 이곳저곳을 다니며 사람들에게 부탁했다.

"내 친구가 노래하고 있거든요. 가수가 꿈이에요. 와서 박수 좀 쳐 주세요."

대학생 형과 누나들은 찾아와서 사연을 읽어 보더니 천 원을 주기도 했다. 어느새 앞에 놓은 기타 통에 천 원짜리 몇 장이 굴러다녔다. 아이들은 희망을 보았다.

노래 목록이 점점 바닥이 나고 있었다. 사람들은 왔다가 고등학생의 노래를 듣고 그냥 별 관심 없다는 듯이 물러났다. 훈훈한 바람이 불어왔지만 민혁이는 자기가 구걸하는 거지라도 된 것 같았다.

"야, 나 잠깐 쉴래."

"그래 그래. 쉬어."

지원이는 재빨리 마실 음료수를 사 왔다. 그러자 지원이는 어깨를 주물러 주었다. 친구들이 도와주자 민혁이는 다시 용기가 났다.

"야, 얼마나 걷혔냐?"

"2만 원도 안 되겠어. 동전도 있고."

"그 동전은 초등학생이 준 거야. 불쌍하다고."

"야, 노래 불러서 안 되겠다. 한 시간 내내 불렀는데 이게 뭐냐?"

그때였다. 지나가던 아주머니, 아저씨들이 말했다.

"학생들, 이거 내가 읽어 봤는데 우리 아들 같아서 그냥 만 원 줄게."

"아니에요. 아저씨, 노래 듣고 가세요."

벌떡 일어난 민혁은 기타를 들고 노래를 불렀다. 자신도 모르게 자신이 작곡했던 노래가 나왔다. 그 노래는 약간 개그스러운 노래였다.

눈 뜨면 졸리네

수업 시간 졸리네

점심 먹으니 졸리네

집에 오니 졸리네

학원 가도 졸리네

아 그때 내 앞에 나타난

할리우드 대스타 여배우

안젤리나 졸리네

그 노래를 듣더니 아저씨는 고개를 끄덕였다.

"아하, 녀석. 재밌는 노래로구나. 옜다, 만 원."

"감사합니다."

그 옆에 있던 대학생 형도 웃으며 말했다.

"그거 학생이 쓴 거야?"

"제가 만든 노래예요."

"어, 재밌는데? 귀에 쏙쏙 꽂혀."

그러더니 5천 원짜리를 주었다.

"어, 이거 봐라. 잘하면 되겠다. 열심히 하자. 여러분 오세요. 내 친구가 길거리 공연을 합니다."

고무된 아이들이 흩어져 갈 때였다. 갑자기 저만치에서 경비원 옷을 입은 아저씨가 다가왔다.

"학생, 누가 여기서 길거리 공연을 하라 그랬어?"

"네네?"

"저희들끼리 그냥 지나가다……."

"당장 치워. 길거리 공연도 다 허락 받고 하는 거야. 이 동네에서."

"아, 그게요."

아이들이 뻗댔지만 소용이 없었다. 기타를 케이스에 넣고 아이들은 앰프와 장비들을 들고 공원 바깥으로 밀려나고 말았다.

"아, 돈 벌기가 이렇게 힘들 줄은 몰랐어."

민혁이 좌절했다.

"야, 돈 걷어 보니까 지금 4만 3천 원밖에 안 돼. 이게 많이 모은 거야. 내가 지금 검색해 보니까 유명 가수들도 길거리 공연하면 돈 못 번대."

길거리 공연 하며 돈 못 버는 이야기가 쓰여 있는 기사를 스마트폰으로 보여 주었다.

"이렇게 해서 가수들이 먹고 살기 힘든 거야. 공기가 안 좋아서 목도 아파."

"그렇구나."

"우리 배고픈데 뭐라도 먹자. 나중에 다른 방법을 구해 보자. 희망을 가져라."

문준이 자신이 사 주겠다며 편의점으로 들어갔다. 편의점에는 어떤 아저씨가 컵라면을 먹고 있었다. 문준은 그걸 보자 아이들에게 컵라면 하나씩을 사 줘야겠다는 생각이 들었다. 컵라면에 물을 담은 뒤 밖에 있는 아이들을 불렀다.

"애들아, 컵라면이나 하나씩 먹자."

"그래, 알았어."

아이들은 웅성웅성 편의점으로 들어갔다.

뜨거운 물을 받아서 데우고 있을 때 컵라면을 먹고 있던 아저씨가 말했다.

"어, 너희들 아까 길거리 공연 하고 있던 애들 아니냐?"

"네, 맞아요."

"오! 아까 노래 재밌더라."

"무슨 노래요?"

"네가 작곡한 노래. 그거 누구한테 돈 받고 써 준 거니?"

"아닌데요. 제가 그냥 재밌어서 김밥 먹다가 친구들하고 쓴 거예요."

"그래? 아주 재밌어."

"감사합니다."

"너 재능 있다. 나중에 가수해라."

"아니에요. 가수 정도는 아니고요. 그냥 취미로 작곡이나 해 볼까 생각중이에요."

"그렇구나. 혹시 우리 가게 고등학생들 많이 오는데 우리 가게 주제가 하나 만들 수 있겠냐?"

"아저씨 가게 어딘데요?"

"저 뒤에 있는 목포분식이야."

"어, 그 유명한 목포분식이요? 아저씨 거기서 일해요?"

"하하하, 아냐. 우리 어머니랑 하는 건데 내가 사장이야."

"그 환상떡볶이 유명한 그 집이죠?"

"그래. 지금 알바생들이 일하고 있어서 나는 잠깐 컵라면으로 때우고 있는 중이야."

"우아, 대박."

그때 사업 수완이 좋은 지원이 말했다.

"노래 만들어 드리면 돈 주세요?"

"그래. 너희들 아까 보니까 15만 원 필요하다며?"

"네."

"노래가 마음에 들면 15만 원 줄게."

"정말이에요?"

"그래."

"우아, 대박."

창식이 나섰다.

"아저씨, 우리 이따가 시식해 봐도 돼요? 노래도 쓰려면 맛을 알아야지요."

"그거 좋지. 가자, 애들아."

컵라면을 허겁지겁 먹은 아이들은 아저씨를 따라 목포분식으로 가 보았다. 분식점에는 자리가 없을 정도로 꽉 찼다.

"우아, 여기서 알바만 해도 돈 벌겠다."

"야, 가만있어."

지원이 찍어 눌렀다.

"알바 여기서 열 시간 해 봐야 10만 원이야. 지금 곡 하나 작곡하면 15만 원 주신다잖아."

"아, 그렇지."

창식과 문준과 지원은 마치 민혁의 로드매니저 같았다.

"아까 그 노래 여기서 다시 불러 봐."

"사람 많은데서요?"

"왜? 부르기 싫어?"

옆에 있던 지원이 쿡쿡 찔렀다.

"야야야, 돈을 생각해 돈을."

"아, 그렇구나."

이때 창식이 말했다.

"아저씨, 그럼 가게 앞에서 길거리 공연 해도 되겠어요?"

"길거리 공연? 좋지. 가게 홍보도 할 겸."

"그럼 한번 해 볼게요."

얼굴이 붉어진 민혁에게 지원이 말했다.

"야, 빨리해. 기회다 기회. 가게 앞에서 부르니 쫓아내지도 않을 거 아냐."

"응, 알았어."

"이왕이면 먹는 노래해. 김밥 노래."

"응. 알았어. 잠깐만!"

스마트폰을 꺼내서 김밥 노래 악보를 찾은 뒤 민혁은 부르기 시작했다.

잘 말아 줘 잘 눌러 줘

밥알이 김에 달라붙는 것처럼

너에게 붙어 있을래

처음에는 부끄러웠지만 옆에서 박수를 쳐 주고 지원과 창식과 문준이 흥을 돋궈 주자 노래에 힘이 실렸다. 또래들이 김밥과 떡볶이를 먹으면서 고개를 끄떡거려 주었다.

노래를 부르자 사람들이 몰려오기 시작했다.

"우아, 여기 가수까지 고용했나 봐."

"오, 학생이네."

사람들이 와서 구경해 주자 민혁은 갑자기 신이 났다. 없던 용기까지 나서 마구 노래를 부르기 시작했다. 순간 이 목포분식의 주제가가 떠올랐다. 자기도 모르게 흥얼거리며 노래를 불렀다.

목포는 항구 아니고요
목포는 전라도 아니어라
우리가 사랑하는 목포는
환상김밥 맛있는 분식집이어라.
후르릅 짭짭 후르릅 짭짭

웃기는 노래 같지만 은근히 분식점 홍보 내용이 잘 들어간 가사였다. 갑자기 가사가 떠오르는 것을 보니 신기했다. 옆에서 이 장면을 찍고 있던 지원이 고개를 끄덕였다.

"야, 이대로 노래 만들어 아저씨한테 주면 되겠다."

노래는 중독성이 있어서 사람들이 금방 따라할 수 있었다. 특히 후렴구에 나오는 후르륵 짭짭이라는 대목이 특이했다. 노래가 끝나자 사람들이 박수를 쳤다. 식당 밖으로 없던 줄이 생겼다. 들어가서 더 먹으려는 것이었다.

"대박이다. 너 그걸로 아저씨한테 돈 받자."

"그래 그래."

아이들이 돌아서니 이미 아저씨가 나와 있었다.

"야, 그 노래 우리 가게를 위해서 만든 거지?"

"아, 지금 시험 삼아 불러 봤어요."

"정말 마음에 든다. 저작권 나에게 넘겨라."

"안 돼요, 아저씨. 작사 작곡은 얘가 한 거라고요."

"그래? 그러면 좀 곤란한데."

"작사 작곡의 저작권을 인정하셔야 됩니다."

문준이 말했다.

"하하하, 농담이야. 농담. 저작권 인정해 줄 테니까 그냥 사용료만 내가 낼게."

"사용료요? 주세요. 당장 만들어 올게요."

"그래. 그 노래 제대로 녹음해서 가져올 수 있어?"

"집에 있는 컴퓨터로 가능해요."

"그래. 알았다. 그럼 주제가 사용료 한 달에 15만 원씩 줄게."

"한 달에요?"

"응. 녹음해 오면 여기서 계속 틀 거야."

"20만 원은 주셔야 돼요."

사업가 기질이 있는 문준이 다시 나섰다.

"그래 그래. 20만 원씩 줄 테니까 노래 만들어 와. 사용료 계약해 줄게."

표정 관리를 하고 나온 아이들은 모두 하이파이브를 하고는 만세를 했다.

"됐다 됐어. 민혁아, 너는 앞으로 작사 작곡으로 돈 벌면 되는 거야."

"맞아 맞아. 50만 원 해결했다."

아이들이 신이 나서 집으로 돌아갈 때였다. 분식점 가게 주인이 다시 나타나서 말했다.

"얘들아, 집에 가는 길이지? 너희들 때문에 갑자기 줄도 생겼다. 이거 가져가서 먹어."

아저씨의 손에는 검은 비닐봉지가 들려 있었다.

"정말요?"

"그래. 그리고 곡 다 만들면 연락해라."

"감사합니다."

아이들은 일제히 고개 숙여 인사했다. 돌아오는 전철역에서 민혁은 지원과 창식과 지원의 어깨를 두들기며 말했다.

"얘들아, 너희들 없이는 절대 할 수 없었어. 너희들이 날 도와줬기 때문에 가능했어."

"아하. 어려운 일이 있으면 언제든지 말해라. 우리는 너를 도와준다."

"고마워. 나도 너희들이 어려운 일 있을 때 꼭 도와줄게."

"야, 우리는 서로서로 도와주는 멤버들이잖냐. 앞으로 사고만 치지 말자."

"그래. 우리 돈 벌고 좋은 일에만 서로 도와주자."

아이들은 가장 뿌듯하고 행복한 토요일을 보내고 있었다.

나폴레온 힐의 부자 되는 생각 한 스푼

나폴레온 힐은 부자가 되기 위해 도와주는 친구들, 즉 조력 집단이 중요하다고 봤습니다.
조력 집단은 단순히 돈이나 직위를 얻는 것이 아니라 개인적인 성장과 성공을 이루는 데 큰 역할을 하는 사람들을 의미합니다. 조력 집단은 두 가지 유형으로 나눌 수 있습니다.

① 정신적으로 지원해 주는 이성적인 조력 집단입니다. 이들은 개인의 꿈과 목표를 지지하며 영감을 줄 수 있는 친구, 가족, 동료 등으로 이루어져 있습니다.
② 전문적인 조력 집단으로, 이들은 개인이 목표를 이루는 데 필요한 전문 지식과 기술, 그리고 네트워크를 제공하는 사람들로 구성됩니다. 컨설턴트, 변호사, 회계사, 성공적인 기업가 등이 될 수 있습니다.

조력 집단의 구성원으로서 나폴레온 힐은 다음과 같은 조언을 제공합니다.

- 목표와 비전을 공유하는 사람들과 함께하라.
- 상호 지원과 지적 자극을 받을 수 있는 사람들로 조력 집단을 구성하라.
- 다양한 배경과 전문 분야를 가진 사람들을 모으라.

- 서로가 가진 지식과 기술을 공유하고 서로에게 도움을 주도록 하라.
- 조력 집단에 가입하는 것뿐 아니라, 스스로도 다른 사람들을 지원하는 역할을 하라.

이와 같은 방법으로 조력 집단을 구성하고 유지하면 개인적인 성장과 성공의 길을 열어 줄 수 있습니다.

할아버지의
새 미션

아이들은 모두 떨리는 마음으로 기암성의 벨을 눌렀다. 아주머니 목소리가 인터폰을 통해 흘러나왔다.

"누구세요?"

"저, 자동차 망가뜨렸던 학생들입니다. 돈을 마련해서 왔습니다."

지원이 인터폰에 대고 이야기하자 육중한 소리와 함께 대문이 열렸다.

"들어가자."

"이번엔 쪽문이 아니라 대문으로 들어오라시네."

아이들은 떨리는 마음으로 시커먼 철문을 밀고 들어섰다. 돌로 만든 계단을 서너 개 올라서자 모두 감탄하지 않을 수 없었다. 어마어마한 정원이었다. 예쁜 향나무들이 형태에 맞게 다듬어져 있었고 꽃나무와 함께 바닥엔 잔디가 깔려 있었다. 울창한 나무들은 숲을 이루다시피 했는데 그 사이를 뚫고 아이들은 조심스럽게 현관을 향해 다가갔다.

현관문이 열리며 아주머니가 맞아 주었다.

"어서들 와요. 회장님께서 기다려."

"네."

아이들은 조심조심 현관문으로 들어가 신발을 벗었다. 50년도 더 된, 옛날에 깔아 놓았을 것 같은 원목마루가 반들반들하게 윤이 나고 있었다.

아이들이 거대한 응접실 쪽으로 향하자 아주머니는 고개를 저었다.

"이쪽으로 와요."

큰 방문을 열고 들어가자 노인은 침대에 누워 있었다. 아이들은 매우 당황했다.

"어? 어떻게 된 일이지?"

"할아버지가 아프신가?"

노인은 아이들이 들어서자 아주머니가 받쳐 주는 베개에 반쯤 기대어 앉았다.

"어서들 오너라."

"안녕하세요."

"거기 앉아."

앞에 있는 의자에 아이들은 조심스럽게 앉았다.

지원이 대표 격으로 5만 원권 40장이 들어 있는 봉투를 내밀었다.

"약속대로 50만 원씩 벌어서 200만 원을 가져왔습니다."

노인은 봉투에는 시선도 주지 않았다.

"그래. 거기에 놓고……."

그때 아주머니가 차를 내왔다.

"회장님께서 특별히 드시는 십전대보탕이야."

오묘한 맛이 나는 십전대보탕을 한 잔씩 마시며 아이들은 노인의 이야기를 기다렸다.

잠시 후 노인은 입을 열었다.

"내 나이가 올해 아흔이 넘었다. 하루가 다르게 몸이 약해지는 게 느껴진다."

아이들은 강철 같은 노인이 왜 이리 약한 모습을 보이나 싶었다.

"그래. 어떻게들 돈을 벌었느냐? 차례대로 말해 보아라."

"제가 받은 카드는 이것입니다."

지원은 카드를 내놓고 이야기를 시작했다.

지원의 카드는 '생각과 열정'이었다. 지원이 어떻게 돈을 벌었는지 이야기하고 창식과 문준과 민혁이 뒤를 이어 자신의 성과를 말할 동안 노인은 눈을 감고 고개를 끄덕였다. 이야기하다 보니 아이들은 자신들이 이룬 성취가 제법 자랑스러웠다. 돈 번 과정을 요약 정리하고 금전 출납부를 만들면서 얼마나 큰 경험을 했는지 알게 된 것이다.

"어허, 그렇구나."

"잘했다."

노인은 때로는 박수를 치고 때로는 맞장구를 치면서 아이들의 이야기를 흐뭇한 표정으로 들어 줬다. 말하고 보니 고등학생으로서는 경험할 수 없는 엄청난 성공을 거둔 것 같았다.

문준까지 마지막 성과를 소개하자 노인이 물었다.

"그래. 너희들은 앞으로 돈을 잘 벌 수 있을 거라는 자신감이 생겼느냐?"

"네. 저는 꿈도 생겼어요."

지원과 민혁이 외쳤다. 창식과 문준도 질 수 없다는 듯이 말했다.

"저는 부자가 될 수 있을 거 같아요."

"건물주 꿈을 이룰 거예요."

노인은 흐뭇하다는 듯 고개를 끄덕였다.

"그래. 너희들 모두 수고했고, 그 돈은 너희들이 다시 가지고 가도록 해라."

아이들은 깜짝 놀랐다.

"네? 저희들이 피해를 끼쳤잖아요."

"괜찮다. 그 차는 이미 팔았다."

"그 아까운 차를요?"

"골동품상이 사 가더라."

아이들은 고개를 끄덕였다. 그러면서 약간 실망스러웠다.

"멋진 차였는데."

"그러게 말이야. 한번 타 보고 싶었는데."

사실 아이들의 마음은 멋진 차를 타 보는 것이었다.

그러나 50만 원씩 다시 돌려준다고 하니 은근히 이득을 보았다는 생각이 들었다.

노인은 재미있는 이야기를 해주었다.

"미국에서 어느 아버지가 죽으면서 차 한 대를 유산으로 남겼단다. 그런데 그 차는 완전히 먼지 구덩이에 빠져 있었다. 그걸 본 아들은 이 차를 팔기로 결심했다."

남자는 먼저 고물상에 이 차의 가격을 물었다. 고물상 주인은 천 달러를 주겠다고 했다. 그러나 이에 만족하지 못한 남자는 중고차 업자에게 이 차를 사겠냐고 물었다. 중고차 업자는 차를 사서 수리해야 하기에 만 달러를 주겠노라고 답했다. 그러나 남자는 포기하지 않았다. 이번엔 골동품상에게 이 차의 가격을 물었다. 그 사람은 차를 보더니 오래된 클래식 차라며 10만 달러를 주겠다고 했다.

"차나 사람이나 마찬가지다. 가치를 알아보는 곳에 가서 일해야 하는 거야. 그래야 큰 성공을 할 수 있지."

그때 사업 수완을 보여 준 문준이 눈을 반짝이며 물었다.

"할아버지, 제가 질문 하나 해도 돼요?"

"무슨 질문이냐?"

"할아버지는 어떻게 이런 큰 부자가 되셨어요?"

아이들은 모두 궁금하다는 듯 자세를 바로잡았다.

"허허, 녀석들 그런 질문 할 줄 알았다. 요양보호사님, 가져오세요."

그 소리를 듣자 밖에 있던 요양보호사가 누런 봉투 하나를 가져왔다. 노인의 몸 상태가 요양보호사의 도움을 받아야 할 정도임을 말해 주었다.

봉투를 꺼내자 전에 아이들이 선택하지 않았던 나머지 카드 네 장이 있었다.

"너희들이 카드 한 장씩 가지고 갔었지?"

"네."

"오늘은 내가 카드 하나를 뽑겠다."

할아버지가 뒤집어 보인 것은 '신념과 자기 암시'라는 카드였다.

"오늘은 내가 부자가 된 이야기를 듣고 싶어 하니 들려주마. 내가 너희들에게 제시했던 카드 여덟 개 중 하나는 바로 이거

였어.”

“신념과 자기 암시요?”

“그래. 대개 사람들은 종잣돈이 있어야 부자가 된다고 생각하지만 꼭 그런 것은 아니야. 바로 이렇게 신념과 자기 암시만 있으면 부자가 될 수 있단다.”

“할아버지가 부자 된 이야기를 듣고 싶어요.”

지원이 다시 재촉했다.

“그래. 내 이름은 김창섭이다.”

노인은 그때부터 자기 이야기를 들려주기 시작했다.

가난한 경상도 산골에 살고 있던 창섭은 홀어머니 밑에서 성장하였다. 아버지는 일제 강점기에 징용으로 끌려가 살았는지 죽었는지 알 수 없는 상황이었다. 어머니 혼자 죽을힘을 다해 아들 하나를 잘 키워 보겠다고 뒷바라지했다. 창섭이 잠시라도 일을 도우려고 하면 그때마다 어머니는 호되게 나무랐다.

“창섭아, 너는 공부해서 집안을 일으켜야 한다. 내가 믿을 사람은 너뿐이고, 내가 이 고생을 하는 것도 너 하나 보고 하는 일이다.”

그래서인지 창섭의 성적은 뛰어났다. 하지만 척박한 시골에서 텃밭 농사나 품앗이로 여자 혼자서 아들을 공부시킨다는 것이 쉬운 일은 아니었다. 중학교를 간신히 마친 뒤 어머니가 결핵에 걸려 죽을 고비를 넘겼다. 창섭은 고등학교 진학을 포기하고 어머니 간병에 나섰다. 창섭은 산에 가서 뱀이며 개구리며 어머니 몸에 좋다는 것은 모두 잡아다 끓여 드렸다.

"어머니, 이거 한잔 드셔 보세요. 역하더라도 마셔야 결핵을 이겨냅니다."

가난한 형편에 보약을 달여 줄 수는 없었기에 창섭은 이렇게라도 노력했다. 6개월 뒤 어머니는 마침내 몸을 털고 일어날 수 있었다. 어머니는 살살 동네에 다니며 일하기 시작하자 창섭에게 말했다.

"창섭아, 나 때문에 고등학교도 가지 못하고 어쩌면 좋니?"

"어머니, 걱정하지 마세요. 저는 이 뼈저린 가난을 이겨내고 꼭 큰 부자가 되겠습니다."

"아무것도 없는데 우리가 어떻게 부자가 된단 말이냐?"

"부자가 된다고 믿으면 될 수 있다고 저는 믿어요. 늘 아침에 일어날 때면 '나는 꼭 부자가 된다'고 열 번씩 맘속으로 외치고 있답니다."

"미안하다, 아들아. 네가 어린 나이에 벌써 돈 벌고 부자가 되겠다는 생각을 하게 만들고 어미로서 부끄럽구나."

"그렇지 않습니다, 어머니."

가을이 되어 조금씩 곡식이 생기자 어머니는 쌀자루를 내주며 말했다.

"자, 이거 팔아서 네가 하고 싶은 공부를 하려무나."

"어머니, 이곳에 머물러서는 힘들 것 같아요."

"어쩌려고?"

"서울에 야간 고등학교가 있다고 합니다. 저는 그 학교에 가서 어떻게든 공부를 하겠어요."

"학비는 어쩌고?"

"제가 벌겠습니다. 서울에 있는 야간 고등학교에 다닐 수 있도록 허락해 주세요."

어머니는 고개를 끄덕였다. 자신은 더이상 아들을 도울 수는 없지만 창섭의 신념을 믿었기 때문이다.

다음 날 기차역에서 어머니와 헤어져 창섭은 무작정 서울로 올라갔다. 아는 사람이 소개해 준 한의원에 일자리를 얻었기 때문이다.

창섭은 그때부터 종로에 있는 한의원에 사환으로 심부름을 하기 시작했다. 야간 고등학교 다니는 것을 조건으로 일한 것이었다. 먹여 주고 재워 주는 조건이었는데 한의원에서 주는 돈이 등록금 내고 나면 남는 게 거의 없을 정도였다. 하지만 창섭은 실망하지 않았다. 늘 아침마다 자신은 부자가 될 수 있다고 외쳤다.

'나는 부자가 될 거야. 나는 꼭 집안을 일으킬 거야.'

잠잘 곳이 없어 한의원이 문을 닫으면 매장 한쪽에 군용 침대를 펴고 잤다. 비가 오나 눈이 오나 난방도 되지 않는 한의원에서 덜덜 떨며 창섭은 자야만 했다.

하지만 부자가 되겠다는 신념에는 변함이 없었다. 시골에서 고생하며 정안수 떠 놓고 빌 어머니를 생각하면 잠시도 게으름을 피울 수 없었다. 창섭은 학교에서 항상 일등이었다. 졸린 눈을 비비며 학교를 다녔지만 공부하겠다는 창섭의 투철한 의지는 꺾을 수가 없었기 때문이다. 그러한 창섭을 보자 한의원 원장은 제안했다.

"창섭 군, 우리 초등학교 다니는 아들이 공부가 부족한데 과외 공부 좀 해줄 수 있겠나?"

"네. 해보겠습니다."

"꼭 좋은 학교에 넣어 주기 바라네."

"네, 제가 잘 가르쳐 보겠습니다."

중학교도 시험 봐서 들어가던 시절이었다. 창섭은 고등학생이면서 초등학생인 한의원 아들을 가르쳤다. 그때부터 주인집에서 문간방 하나를 내주어 창섭은 추위에 떨지 않고 공부하게 되었다. 창섭은 신념과 자기 암시를 한의원 주인 아들에게 심어 주었다.

"민철아, 너는 좋은 중학교에 꼭 갈 수 있어."

"정말요? 형?"

"그럼. 너희 부모님에게 효도할 수 있다."

"나는 공부도 잘 못하는데요?"

"공부하는 법을 잘 몰랐기 때문이지. 내가 하나씩 가르쳐 줄게."

창섭은 매일 민철에게 공부를 가르쳤다. 과외 선생님으로 갑자기 신분이 격상되자 먹는 것이 좋아졌고 견딜 수 있게 되었다. 게다가 급료까지 올라갔다.

하지만 문제는 닥쳐온 민철의 중학교 입시였다. 자기 공부를 내팽개치고 민철에게 예상 문제를 뽑아 주며 틀린 문제를 다시 고쳐 주기도 하며 함께 밤을 새고 공부하였다.

마침내 입시 결과가 나오는 날 창섭은 너무 두려워 차마 시험 결과 발표를 보러 중학교에 함께 갈 수가 없었다. 잠시 후 대문간이 요란했다.

"형, 저 붙었어요. 합격이에요."

민철이 소리치며 달려왔다.

온 집안에 난리가 났다.

"그래. 내가 뭐랬어? 붙을 수 있다고 했잖아."

그리하여 민철은 중학생이 되었고, 창섭은 한의원 주인에게 보너스로 방 한 칸을 얻을 수 있는 보증금을 얻게 되었다.

"자, 이 돈으로 방이라도 하나 얻어라. 전세 보증금은 될 거야. 우리 아들을 원하는 중학교에 넣어 줬기 때문에 주는 작은 선물이다."

창섭은 고향에서 고생하는 어머니에게 바로 전화했다.

"어머니, 올라오세요. 이제 어머니랑 같이 서울에 살 수 있어요. 방 한 칸 얻어 놨어요."

"아이고, 이게 꿈이냐, 생시냐? 아들아!"

고향에서 힘들게 살던 어머니는 일 년 만에 아들과 합치게 되었고 창섭이는 야간 고등학교에서 공부하여 야간 대학에 합격하였다. 그리고 새로 일하게 된 곳은 24시간 바쁘게 돌아가는 버스 회사였다. 낮에는 버스 회사에서 일하며 학생들을 가르치고 밤에는 대학을 다니며 공부하였다. 어머니까지도 나서서 버스 회사에서 청소해 주고 차를 닦는 일을 하며 조금씩 살림이 피기 시작했다.

몇 년 뒤 창섭은 어머니에게 말했다.

"어머니, 저는 버스 한 대 사려고 해요."

"버스 살 돈이 있니?"

"네. 제가 모아 둔 과외비와 월급을 한 푼도 쓰지 않고 저축했어요. 누가 버스 한 대를 판다고 해서 기사를 두고 운행을 시킬까 합니다."

"그래. 무리하지 말아라."

"어머니, 제 버스는 분명히 돈을 많이 벌어 올 거예요. 전 믿어요. 제가 깨끗이 닦고 청소해 사람들이 좋아하는 버스로 만들겠어요."

그렇게 하여 창섭은 버스 주인이 되었다. 매일 버스를 닦고 정비해 고장 한 번 나지 않았다. 곧이어 버스는 두 대가 되었고, 두 대는 네 대가 되어서 결국은 버스 회사 전체를 십 년 내로 인수하게 되었다.

노인은 자신의 이야기를 하면서 흐뭇한 표정이었다.

"와, 할아버지는 정말 대단하시네요. 어려운 일이 없으셨어요?"

"어려운 일이 왜 없었겠느냐? 오일 쇼크도 오고 물가도 폭등한 적도 많았지만 성실함 하나로 이겨냈다. 그리고 나는 절대 굴하지 않는다는 신념과 자기 암시로 버텼어. 이게 바로 내가 한의원 벽에 붙여 놨던 글귀이다. 아주머니!"

요양보호사가 액자 하나를 가지고 왔다. 거기에는 오래된 신문지에 먹물로 글씨가 쓰여 있었다.

나는 富者가 된다!

아이들은 모두 감동을 받았다. 저렇게 자기 자신에게 신념을 가지고 암시를 하지 않는 한 성공할 수 없다는 것을 깨달았기 때문이다.

"내 이야기는 여기까지다. 이제 내가 너희들에게 새로운 과제를 주고 싶구나. 나머지 카드 세 개를 꺼내 보아라."

아이들은 세 개의 카드를 뒤집어 보았다. 하나는 '체계적인 계획' 하나는 '결단력' 또 하나는 '끈기'였다.

"자, 남은 것이 그 세 장의 카드인데 너희들에게 미션을 주겠다."

"저희들 돈 다 갚았는데요?"

"알고 있다. 이 미션은 너희들이 해도 좋고 안 해도 좋아."

"네. 말씀해 보세요."

"이 집은 보다시피 너무나 크다. 나는 자식도 없고 이 재산을 물려줄 사람도 없어. 이 집은 내가 죽고 나면 국가에 귀속이 되거나 엉뚱한 자들이 가져갈지도 모른다. 그래서 나는 이 집을 좋은 일에 쓰고 싶어. 너희들의 아이디어가 필요하다. 너희들이 내가 죽은 뒤에 이 집을 어떻게 쓰면 수많은 어린이와 청소년들이 꿈을 키울 수 있는 집이 될지를 계획해 보아라. 바로 그게 미션이야."

노인은 자신이 젊었을 때부터 누군가가 자신을 도와주거나 함께 고민을 해결할 수 있었더라면 하는 마음이 있었다. 그게 가장 안타까운 일이었다.

"그리고 그 계획을 성공시키는 데 너희들이 역할을 해주면 좋겠다. 물론 일한 거에 대한 보수와 월급을 줄 거야."

아이들은 서로 눈치를 살폈다.

"너희들이 남는 시간에 와서 일하고, 대학을 가게 되면 무엇이 되었건 맡아서 본격적으로 운영해 주기 바란다. 이 동네는 알다시피 가난한 동네가 아니냐? 아이들이 모두 꿈이 없는 것을 내가 보아 알고 있다. 너희들이 마중물이 되어서 이 동네에 꿈과 희망을 주기 바란다."

"……."

아이들은 어찌 해야 할지 알지 못했다.

"그래, 시간이 필요할 거다. 내가 너무 많이 말을 했구나. 돌아가거라. 그리고 결심하면 이 번호로 전화해라. 내 변호사야."

아이들은 얼떨결에 다시 카드 세 장만 들고 기암성에서 나올 수밖에 없었다.

나폴레온 힐의 부자 되는 생각 한 스푼

1) 개인의 성공과 부의 획득을 위해서는 믿음과 신념이 강력하게 필요합니다. 이는 성공적인 사람들의 성취가 언제나 먼저 마음속에서 시작되기 때문입니다. 즉, 성공을 이루기 위해서는 자신부터 그것을 이룰 수 있다고 믿어야 합니다. 이러한 믿음이 강력할수록 성공을 이루는 데 도움이 된다는 것입니다.

2) 자기 암시(autosuggestion)는 자신의 마음과 정신을 향상시키기 위해 스스로에게 반복적으로 이야기하는 것을 의미합니다. 이는 개인이 믿음과 신념을 강화하는 데 도움이 되며, 성공과 부의 획득이라는 목표 달성에 대한 확신을 강화하는 데 특히 효과적입니다.

3) 자기 암시를 사용하는 방법

① 목표를 명확히 하고, 이를 이루기 위해 필요한 노력과 행동을 계획합니다.

② 계획을 실천하면서 자신의 능력과 역량을 강화시키기 위해 반복적으로 자기 암시를 합니다.

③ 자신이 이루고자 하는 목표를 긍정적인 언어로 표현하고, 이를 자주 반복합니다.

④ 자신이 목표를 이룬 후의 상황을 상상하고, 이를 자주 반복하며 긍정적인 자기 암시를 합니다.

끈기 있게 답을 찾아라

집에 돌아오자 인쇄소 하는 아빠는 문준에게 물었다.

"넌 어디 갔다 오는 거냐?"

"아빠, 사실은…."

문준은 그동안 있었던 일을 모두 이야기했다.

"그래? 그 기암성의 어르신한테 네가 그런 일을 저질렀었어?"

"네. 하지만 이렇게 50만 원도 돌려받았어요."

"아이고, 우리 아들이 대단하네. 장사 수완을 발휘했구먼. 나는 그런 것도 몰랐지."

아빠의 얼굴이 환하게 펴졌다. 아들이 친구들과 어울려 다니기나 하며 속 썩일 줄 알았는데 강철수 유세에 가서 돈도 벌어 오고 철이 부쩍 들어 있을 줄은 몰랐던 것이다.

"우리 아들이 사고 한번 치고는 좋은 할아버지 만나서 아주 다시 태어났구먼."

엄마가 과일을 깎아 오며 놀랍다는 듯 말했다.

"그러게 말이에요. 그분이 그렇게 훌륭한 분인 줄 몰랐네."

"그럼 50만 원 생겼으니까 잘 저금해 놨다가 너 대학 갈 때 보태면 되겠구나."

"대학 갈 때 보탤 돈은 더 벌 수 있어요."

"어쭈, 이 녀석이 돈도 번다 그러네."

"어떻게 하면 사람들 마음을 움직이는지 조금은 알 것 같아요. 그런데 고민이 있어서 생각 좀 해봐야 해요."

문준은 자기 방으로 들어갔다. 할아버지가 준 미션을 수행하려니 방법을 도무지 알 수가 없었던 것이다. 할아버지가 죽고 나서 어떻게 좋은 일을 한단 말인가. 머리를 싸매고 생각해 보았다.

'그냥 국가에 기부하는 건 어떨까?'

그때 아빠가 방문을 두드리고 들어왔다.

"너는 돈도 잘 벌고 좋은 할아버지 만나서 귀한 경험도 했는데 뭐가 고민이야?"

문준은 사실을 털어놓았다.

"할아버지가 돌아가시면 그 집을 어떻게 처리하면 좋을지 우리 보고 연구해 오래요."

아빠는 그 얘기를 듣자 웃었다.

"하하하, 뭐가 걱정이냐? 그 집을 누군가 받아서 빌딩을 지으면 되지."

"빌딩이요?"

"그래. 빌딩을 지어서 월세를 받아 그 수익금으로 좋은 일을 하면 되지 않겠어? 거기에 들어오겠다는 사람은 많을 거야."

"알았어요. 그렇게 얘기해 볼게요."

"걱정하지 마라. 땅이 없어서 문제지, 있는 게 뭐가 문제냐?"

아빠는 문준의 등을 툭툭 치고 나갔다. 하지만 문준은 그걸 할아버지가 모를 일은 없다는 생각이 들었다.

'할아버지가 그 땅에 건물 지을 줄을 몰라서 우리한테 좋은 방법을 생각해 보라고 할 리는 없잖아.'

다음 날 학교에 간 문준은 지원을 만났다.

"지원아, 그 할아버지 미션, 나는 너무 어려워."

"왜?"

"우리 아빠는 글쎄, 거기다 그냥 빌딩 지어 가지고 임대료 받아서 좋은 일 하는 걸로 얘기하래. 너무 단순하잖아."

"그렇네."

"할아버지가 원하는 건 그게 아니었을 텐데."

"맞아."

"넌 어땠어?"

지원 역시 같은 고민을 하고 있었다.

“내가 아는 게 개밖에 없잖아. 그래서 개 놀이터를 만들면 어떨까 생각했는데 할아버지가 청소년을 위해서 좋은 일에 쓰라고 했는데 그건 아닌 것 같아. 사람 쓸 땅도 없는데 개가 무슨 땅이냐고 엄마가 말했어.”

“그래, 맞아. 개는 각자 좋아서 기르는 거지.”

“뭔가 좋은 걸 생각해 보려니 잘 생각이 안 나. 난 그래서 그냥 너희들이 결정하는 대로 따르려고.”

“그래?”

“창식이는 어떻게 생각했나 물어보자.”

아이들은 은근히 창식에게 기대했다. 관광 가이드가 되어 역사를 좀 더 깊이 알게 된 창식이는 분명히 아이디어가 있을 거라 생각했던 것이다. 점심시간에 창식을 만나 아이들은 물어보았다.

“야, 넌 무슨 아이디어 없냐?”

“글쎄. 난 거기에 역사 박물관 같은 걸 만들면 좋을 것 같아. 그런데 운영하는 것도 힘들고 우리가 할 수 있는 선이 아니야.”

“그렇지.”

“그 할아버지는 왜 어려운 미션을 줬나 몰라. 나는 그냥 포기하고 싶어. 나는 지금 방학 때 역사 여행 인솔해서 가야 되기 땜에 그런 거 신경 쓸 겨를이 없어.”

"너는 여행도 하고 돈도 벌고 좋겠다."

"뭐 그냥 역사 현장에 가서 체험도 하고 여행사 경험도 조금 쌓을 뿐이야."

마지막으로 민혁을 만나 아이들은 물었다.

"넌 좋은 아이디어 있어?"

"응. 그런데 그게 될지 모르겠어."

"말해 봐."

민혁은 그림까지 그려 왔다.

"나 사실은 이런 거 고민 좀 했었어."

민혁이 가져온 것은 바로 설계도였다.

"응. 여기에다가 극장을 하나 짓는 거야."

"극장이라고?"

"젊은 애들이 놀고 이야기 나눌 수 있는 콘텐츠가 있는 극장을 만드는 거지."

"콘텐츠가 있는 극장?"

"이 극장에 아이들이 와서 노래하고, 공부하고, 연극하고, 영화 틀고, 그러면 어때?"

"글쎄. 좋은 생각이긴 한데 극장을 운영하려면 돈이 많이 들 텐데. 게다가 사람들이 많이 안 오면 어떡하냐?"

"그거는 열심히 홍보해야지."

"야야, 우리 이따가 다 같이 모여서 머리를 한번 짜내 보자."

"그래 그래."

아이들은 그때부터 각자 자신이 잘 아는 분야에 맞춰서 어떻게 하면 좋을지 고민해 보았다. 일주일이 지나고 열흘이 지나도 이렇다 할 아이디어는 별로 떠오르지 않았다. 고작 생각해 낸 것이 문준이 아빠가 말한 대로 상가를 만들어서 그 수입으로 장학금을 주는 것이었다.

"야, 장학금만 줘도 할아버지가 좋아하지 않을까?"

"글쎄. 장학금 주는 게 할아버지가 원하는 걸까? 아이들을 모두 부자로 만들라고 하신 것 같았는데."

"부자로 만드는 방법을 어떻게 찾아?"

"우리는 할아버지가 가르쳐 준 비법 때문에 부자가 되는 힌트를 얻었잖아."

"나 안 할래. 안 할래."

가장 먼저 포기한 것은 민혁이었다.

"너는 예술 한다는 놈이 끈기가 없어서 되겠냐?"

"야, 나는 내가 좋아하는 거에만 끈기를 가질 거야. 무슨 내가 사업가도 아니고 이런 일을 한단 말이야?"

그 다음에는 창식이 포기했다.

"나는 박물관 만들거나 역사 기념관 만드는 거밖에 아이디어가 없어. 포기할래."

지원이도 얘기했다.

"반려견이나 동물 쪽은 할아버지가 원하지 않을 거야. 우리는 아이디어가 없다고 얘기하자."

하지만 문준은 끈기가 있었다.

"가만 있어 봐. 여기서 좋은 일을 할 수 있는 뭔가가 있을 거야."

강철수 유세에서 비가 올 것을 예측하고 가서 돈을 벌었던 경험이 문준에게 끈기를 배우게 만들었다. 백분의 일이라도 확률이 있다면 도전해야 된다고 문준은 생각했다.

"너희들 포기하면 내가 방법을 찾아내고야 말겠어. 내가 만약 찾아내면 나를 대빵으로 인정하는 거야?"

"대빵 해라 대빵. 아이 참, 나는 바빠."

아이들은 그만 나가떨어졌다. 문준은 오기가 생겼다. 집에 와서 다시 방에 들어앉아 검색을 시작했다. 아빠는 또 들어와서 물었다.

"문준아, 뭘 그렇게 열심히 하고 있냐?"

"아빠, 애들이 자기네는 모두 아이디어가 없대요."

"뭐?"

"그 기암성 할아버지가 해 오라는 숙제요. 저 혼자 끈기 있게 아이디어를 짜내 볼 거예요."

"사업이라는 게 쉬운 게 아니지. 아빠도 이렇게 삼십 년 넘게 인쇄소 하게 된 방법이 뭔 줄 아냐?"

“뭘로 하셨는데요?”

“아빠의 끈기를 이야기해 주지.”

아빠는 잘됐다는 듯이 커피 한 잔을 끓여다 놓고 자신의 이야기를 시작했다.

“아빠가 원래 결혼하기 전에는 인쇄소에서 심부름 하고 있었잖니. 내가 있던 충무로 인쇄소 사장이 말했어. 야, 너희들 인쇄만 하지 말고 남는 시간엔 가서 일감을 가져와. 일감.”

일감을 가져오라는 말에 문준의 아빠인 철환은 무작정 충무로로 나갔다. 인쇄물을 가져온다는 것은 쉬운 일이 아니었다. 나이도 어리고 경험도 없고 인맥도 없는 철환은 길가에 쭈그리고 앉아 답답한 마음에 음료수만 마시고 있었다. 그때 길바닥에 굴러다니는 종잇조각들을 살펴보다 철환은 명함을 한 장 발견하였다.

‘어? 이런 명함을 왜 버렸지?’

사진도 있고 컬러로 인쇄된 고급 명함이었다.

‘이런 명함을 인쇄하면 되지 않을까?’

인쇄소 사장에게 가서 명함을 보여 주었다.

“사장님, 우리도 이런 거 찍으면 안 될까요?”

“이 자식아, 명함 하나 찍는데 얼마나 받는다고 그래. 이런 건 구멍가게에서 하는 거야. 우리는 대량 인쇄기가 있어. 인쇄를 해야 된다고.”

괜히 엉뚱한 얘기했다고 주저앉았지만 끈기에 있어서 철환은 그 누구도 따라올 수 없었다.

'사람마다 다 명함이 있잖아.'

명함 집에 달려가 물어보았다.

"아저씨, 이 명함은 한 장 찍는 데 얼마예요?"

"그런 건 백 장씩 찍어 준단다."

"백 장에 얼만데요?"

"만 원 받고 있어."

"어, 만 원밖에 안 받아요?"

"응. 한 장 한 장 찍어야 되는데 낡은 기계로 그냥 찍는 거야."

만 원 받아서는 이익이 나지 않는다는 생각이 들었다. 그걸로 어떻게 돈을 번단 말인가. 철환은 머리를 싸맸다. 그 순간 아이디어가 번뜩 떠올랐다.

'수백 명 것을 한꺼번에 전지에 찍으면 돈이 되지 않을까?'

누구도 생각해 보지 않았던 아이디어였다.

'그러려면 수백 명의 명함을 한꺼번에 구해 와야 되는데. 지나가는 사람 하나하나 붙잡고 명함을 찍으라고 할 수는 없잖아.'

그때 철환은 명함 가게 사장을 찾아갔다.

"아저씨, 동시에 수백 명 명함을 찍으려면 어떻게 해야 돼요?"

"우리는 못 해. 오랜 시간이 걸리거든. 일주일 정도 줘야 몇 백 명 명함을 찍어 줄 수 있지. 가끔 회사에서 부탁하기는 해."

아이디어를 얻은 철환은 그때부터 동네에 있는 회사들을 찾아다니기 시작했다.

"무슨 일이시죠?"

"여기 회사 직원들 명함을 찍어 주고 싶습니다."

"명함이요?"

"네. 직원들 전체 명함을 찍어 드릴 수 있습니다."

"우리는 명함 찍는 업체가 있습니다. 딴 데 가세요."

열 군데 스무 군데 가도 같은 이야기만 들었다. 하지만 철환은 포기하지 않았다. 계속 다니며 말했다.

"이 회사 전체 명함을 제가 다 찍어 드리겠습니다. 싸게 해 드릴게요."

그때 대기업 사무실에 있는 직원 한 사람이 물었다.

"얼마나 싸게 해줄 수 있어요? 우리는 지금 한 사람당 백 장씩 해서 만 원에 찍고 있는데."

"네? 한 장당 5천 원에 해드리겠습니다."

"반액?"

"네. 그 대신 백 명 이상이면 됩니다."

"우리는 백 명 이상이 돼요."

"그러면 저희는 5천 원보다 더 싸게 찍어 드릴 수 있어요."

"정말이죠?"

"네."

"당신 연락처 하나 놓고 가시오."

마침내 끈기가 통했다. 사무실에 도착하니 아까 그 직원에게서 전화가 왔다.

"명함 2천 장 가능해요?"

철환은 통화를 마치자마자 사장에게 쫓아갔다.

"사장님, 명함 2천 명 걸 찍을 수 있게 됐습니다."

"2천 명? 그걸 우리가 언제 찍는다는 거야? 명함 기계도 없어."

"아닙니다. 제가 아이디어를 가지고 있습니다. 저에게 맡겨 주십시오."

회사에서는 좀 더 싼 가격으로 하라고 해서 4천 원에 2천 명의 명함을 찍게 되었다. 그들의 사진과 직함과 전화번호들을 한꺼번에 파일로 받은 철환은 밤새 혼자서 큰 종이에 디자인하기 시작했다. 회사 로고를 넣고 이름만 바꿔 놓으면 되는 일이었다.

그러고는 몇 번의 교정을 거친 뒤 마침내 책을 찍을 때 쓰는 전지에 인쇄해 버렸다. 인쇄하는 시간은 단 한 시간도 안 걸렸다. 이 명함을 한꺼번에 잘라 내서 상자에 담기만 하면 되는 것이었다.

하루 만에 2천 명의 명함이 다 완성되었다. 놀라운 효율이었다.

"하하하!"

문준의 아빠는 웃으며 옛날 이야기를 했다.

"내가 명함 수백 장, 수천 장을 큰 종이에 찍는 아이디어를 내는 바람에 돈을 벌기 시작했지. 사장님이 나보고 나중에는 인쇄소를 인수하라고 했단다."

"아, 아빠가 인수했어요?"

"회사 수백 곳을 다니면서 거래처를 확보했지. 끈질긴 인간이란 소릴 많이 들었지만 싸게 명함을 한단 소문이 퍼지자 그때부터 벌이가 쏟아졌어. 그래서 아빠가 너희 엄마랑 결혼도 하고 집도 장만하고 살고 있는 거다. 작은 인쇄소라도 운영할 수 있는 게 그러한 끈기가 있었기 때문이야. 아빠를 봐라. 지금도 죽을 때까지 인쇄소 하겠다고 말하잖니."

"알았어요. 아빠, 저도 절대 포기하지 않고 멋진 아이디어를 내 볼게요."

"그래. 끈기 있는 자만이 살아남는 거야."

문준은 어떤 것을 하면 좋을지 다시 검색하기 시작했다. 청소년의 진로와 미래에 대해서도 검색했다. 외국 사이트에도 들어가 보고 심지어 챗GPT에게까지 물었다.

'어떻게 해서든지 나는 찾아낼 거야.'

그때부터 문준은 허름한 작업복을 입고 인쇄소 기계 앞에 있는 아빠가 존경스러워지기 시작했다. 매일 밤 문준의 방에는 불이 꺼지지 않았다.

나폴레온 힐의 부자 되는 생각 한 스푼

나폴레온 힐이 말하는 끈기는 어려운 일을 계속해서 하며, 어려움과 실패를 극복하는 능력입니다. 끈기 있는 사람은 어려운 상황에서도 긍정적으로 생각하며, 문제를 해결할 수 있는 방법을 찾아냅니다. 그러나 끈기는 타고난 것이 아니라, 훈련을 통해 개발할 수 있는 능력입니다.

① 목표를 세우세요. 명확하고 구체적인 목표를 설정하고, 그 목표를 이루기 위한 계획을 세웁니다.

② 실패를 받아들이세요. 모든 것이 순조롭게 되는 것은 아닙니다. 실패는 성공을 위한 과정에서 필수적인 요소입니다. 실패를 받아들이고, 그것을 배움의 기회로 삼으세요.

③ 자기 동기 부여를 유지하세요. 끈기 있는 사람들은 자기 동기 부여를 유지할 수 있습니다. 목표를 위한 동기 부여는 다양한 방법으로 이루어질 수 있습니다. 예를 들어, 도전적인 목표를 설정하거나, 성취감을 느낄 수 있는 작은 목표를 달성하는 것입니다.

④ 자기 관리를 하세요. 끈기 있는 사람들은 자기 관리를 잘합니다. 자신의 건강과 행동을 관리하며, 긍정적인 태도와 생각을 유지합니다.

⑤ 훈련하세요. 끈기는 훈련을 통해 개발할 수 있는 능력입니다. 일

정한 시간 동안 어려운 일을 하고, 자신에게 도전을 주어 극복하는 것이 끈기를 키우는 가장 좋은 방법입니다.

이러한 방법들을 통해 끈기를 키울 수 있으며, 끈기를 가지고 목표를 꾸준히 추진하면 성공에 한 발짝 더 가까워질 수 있습니다.

결단력이
결정하는 미래

한 달이 지났다. 문준은 끊임없이 사업 계획을 짜고 있었다. 끈기는 있었지만 방향을 알지 못했던 것이다. 이곳저곳 사람을 찾아다니며 물어보기도 했다. 하지만 사람들 모두 고등학생이 뭘 알겠냐는 듯이 상대해 주지 않았다. 문준은 뭔가 기암성을 이용해서 멋진 일을 할 수 있을 것 같다는 느낌이 왔다. 그것은 사업가의 촉이었다. 문준에게는 그런 촉이 있었다.

하지만 충격적인 일이 벌어졌다. 민혁이 학교 자퇴를 한 것이다.

어느 날 아이들이 모였을 때 민혁이 말했다.

"애들아, 나 학교는 못 다닐 것 같아."

"왜? 대학 가야 되잖아."

"나도 그렇게 생각하고 있었거든. 그런데 대학 가는 거는 나의 꿈이 아니었어. 그냥 나는 음악 하고 노래 부르면서 평생 살고 싶어."

"뭐라고?"

"분식집 아저씨한테 연락이 와서 얼마 전에 사람을 소개받았어."

"누군데?"

"연예기획사 사람이야."

"연예기획사?"

아이들은 모두 깜짝 놀랐다.

"응. 내가 분식집 주제가 만든 걸 보고 그 집에 밥 먹으러 왔던 아저씨가 물어봤대. 이거 누가 작곡했냐고."

분식집 사장이 작곡한 아이가 고등학생이라고 말해 주자 그 기획사 사람은 연락처를 달라고 해서 민혁과 만나게 된 것이다.

"너, 우리 회사에 들어와서 오디션 한번 볼래?"

"오디션이요?"

"그래. 작사 작곡한 노래들 있니?"

"네, 여기 있어요."

민혁은 스마트폰에 입력되어 있는 자신의 자작곡 수백 곡을 보여 주었다.

"이걸 다 네가 작곡했다고?"

"네."

기획사 사람의 얼굴에 놀라움이 번졌다.

"너 우리 회장님한테 말씀드릴 테니까 한번 오디션 보러 와라."

더 놀란 것은 아이들이었다.

"야, 그래서 너 오디션 봤어?"

"응. 내 자작곡 몇 곡 불러 주고 파일 보여 줬어."

"야, 파일을 왜 보여 줘?"

문준이 펄쩍 뛰었다.

"베끼면 어떡해."

"아니야. 내 능력을 본다고 그랬어. 그걸 당장 쓸 수 있는 건 아니래. 제대로 음악 공부를 해 보지 않겠냐고 하셨어."

"그래?"

"응. 그래서 몇 번 음악 작업을 같이 해 봤더니 회장님이 기획사에 들어오라고 하는 거야."

"우아, 잘됐다 잘됐어. 돈도 주냐?"

지원이 물었다.

"응. 몇몇 그룹 노래 한번 작곡해 보라고 하셨어."

"그런데 학교는 왜 관둬?"

"애들아, 나 그동안 학교 생활에 취미 없었던 거 알잖아. 또

몇 년을 더 다닌다는 것은 의미가 없어. 난 음악에 모든 걸 걸고 싶어. 그래서 결단을 내린 거야. 엄마에게도 허락 받았고 나중에 정말 공부가 필요하면 언제든지 다시 학교에 갈 수 있지만 음악은 감성이 풍부할 때 하지 않으면 못한대."

"그래. 그 말도 맞아. 어릴 때부터 해도 성공하기 힘들다 그랬어."

문준은 사업적으로 생각했다.

"그래. 그것도 좋은 길이야. 하지만 네가 학교를 관둔다니까 조금은 섭섭하다. 같이 놀 사람이 하나 없어지잖아."

"야, 내가 이사 가는 것도 아니고 너희 곁에 항상 있을 거야. 담임선생님한테도 잘 말씀드렸어."

"그랬구나. 너 대단하다. 용기를 낼 수 있어서."

"뭔가를 하고 나의 꿈을 이루고 부자가 되려면 결단력이 있어야 돼. 나도 나중에 제 2의 BTS가 되지 말라는 법이 없잖아. 우리 엄마 너무 가난해서 고생하신 거 생각하면 지금 결단을 내려야 한다고 나는 생각했어."

"그래. 잘했다. 우리 가서 파티나 하자."

아이들은 분식집으로 가서 맛있는 것을 실컷 먹었다. 밥값은 민혁이 냈다. 이미 연습생이라고 회사에서 용돈을 주고 있었기 때문이다.

"자, 학교는 떠나지만 우리보다 먼저 사회에 들어가는 선배

님, 민혁이를 위하여."

아이들은 음료수를 단숨에 들이켰다. 어른들이 왜 술을 먹으면서 분위기를 달구는지 알 것만 같았다.

그날 민혁과 헤어져 돌아오는 세 아이의 가슴 속은 복잡했다. 민혁은 자신의 재능을 발견하고 빠르게 결단력을 내려 사회로 진출했다. 창식은 고민했다.

'나는 역사학과로 가야 되는데.'

집에 와서 민혁의 이야기를 엄마에게 했다.

"엄마, 민혁이는 학교 관두고 소속사에 들어간대요."

"그렇구나. 너는 어떻게 할 건데?"

"저는 사실 역사학과 가려고 그랬어요."

"응. 너는 역사가 취미니까."

"근데 생각해 보니까 역사는 굳이 내가 공부하거나 계속 가르치지 않아도 할 사람이 많을 것 같아요."

민혁이 학교를 나가는 바람에 창식의 고민이 이어졌다. 학교에 가서 담임선생님에게 물어보았다.

"선생님, 저는 진로를 어떻게 해야 할지 모르겠어요."

"너는 역사 전문가잖아. 그리고 여행사에서 네가 뭐 컨설팅도 하고 여행도 갔다 온다며? 체험 학습 신청도 할 거라면서?"

"네. 그거는 한두 번 경험으로 해 보는 거예요."

"네가 하고 싶은 게 뭔데?"

“몰랐던 진실을 밝히고 역사를 통해서 현실에 대한 깨달음을 얻는 것이긴 한데…….”

“그런데 뭐가 고민이니?”

“돈을 벌고 싶어요.”

“돈? 하하하!”

선생님은 웃었다.

“이 녀석 벌써부터 돈을 밝히다니.”

야단맞는 줄 알고 창식은 찔끔했다.

“맞다. 돈은 필요하지. 유태인들은 어렸을 때부터 돈을 나눠주고 잘 키울 수 있도록 한다더라.”

선생님은 유태인들의 이야기를 해주었다.

유태인은 율법에 의거하여 남자아이는 13세, 여자아이는 12세에 성인식을 치른다. ‘바르 미쯔바’라고 부르는 것이다. 성인식은 가족의 가장 큰 행사다. 이때 성인식을 치르는 아이들에게는 과분할 정도의 축의금이 주어진다. 그 돈은 아이의 이름으로 저축되고 주식이나 채권 등에 투자된다. 이렇게 받은 축의금은 부모와 함께 관리하는데 주식이나 채권 등에 투자도 하면서 자연스레 돈 관리에 대한 것을 배우고 경제 개념이 생기게 된다. 또한 성인이 되었을 때 종잣돈을 마련하여 여러 사회활동, 즉 여행이나 사업 등을 할 수 있는 것이다. 어릴 때부터 이런 경험을 쌓은 유태인은 세계적인 부를 손에 쥐고 운용할 수 있게 된 것이다.

"그러니 너도 돈과 역사가 결합 되는 걸 생각해 봐."

"돈과 역사요?"

"그래."

갑자기 연구 과제가 주어진 것 같았다. 창식은 집에 돌아와 고민을 시작했다.

'돈과 역사? 돈과 역사? 어떻게 하라는 거지?'

창식은 어떻게 해야 역사가 돈이 되는지를 생각해 보았다. 유명한 강사가 되어서 역사를 강의해도 돈을 벌 수 있을 거 같긴 했다. 아니면 역사 기행으로 프로그램을 만들어 여행사를 운영해도 돈이 될 것 같았다.

오랜 고민 끝에 창식은 역사를 깊이 있게 공부하여 학자가 되는 것은 자신이 원하는 게 아니라는 생각이 들었다.

'그래. 나는 역사 자체를 좋아하는 것은 아니었어. 역사를 통해서 그 안에 있는 인간과 삶에 대해서 알게 된 거잖아.'

이런 결심을 하자 창식은 자신이 어느 방향으로 진로를 정해야 될지 깨닫게 되었다.

'그래. 나는 역사는 취미로 즐기고 정말 내가 하고 싶은 경영학 공부를 해야 되겠어. 그러고는 회사를 차리는 거야. 역사 관련된 회사. 그리고 그 안에는 여행사도 있고 역사를 가르치는 학원도 있고. 맞아. 나는 대기업 사장이 되는 거야.'

고등학생다운 황당한 발상이었지만 창식은 희망이 가득 찼다.

"선생님, 저 이제 역사학과 가는 것은 포기했어요."

"뭐? 그럼 뭐 하려고?"

"역사 공부는 취미 교양으로만 익히기로 했습니다."

"그럼 대학은 어디로 가려고?"

"저는 경영학과에 가겠어요."

"경영학과? 회사에 취직하려고?"

"네. 경험 삼아 회사 취직할 거지만요, 나중에 회사를 차릴 겁니다. 역사를 테마로 한 회사를 만들 거예요."

"역사를 테마로 하다니? 사람들이 역사를 물건처럼 살 수 있을까?"

"물건을 개발할 거예요. 스티브잡스가 인문학을 가지고 스마트폰을 만들었잖아요. 저는 역사를 가지고 돈을 벌 수 있는 회사를 만들고 싶어요."

"그런 회사가 있니?"

"없어요."

선생님은 빙긋이 웃었다.

"선생님, 남들이 해 놓은 걸 하면 돈 벌 수가 없어요. 남들이 하지 않은 걸 해야 돈을 벌 수 있습니다. 제가 고등학생 최초로 관광 가이드가 되고 역사 상품을 만들었잖아요. 이런 식으로 하면 돈 벌 수 있다고 생각해요."

"그래 그래. 한번 잘 생각해 봐라. 유학을 통해서 너의 갈 길이 열릴지도 모르는 거니까."

"꼭 도전하겠어요. 선생님, 앞으로 제 진로를 경영학과 가서 전문 경영인이 되는 거라고 적어 주세요."

"결심한 거야?"

"네. 결심했어요."

선생님은 등을 두들겨 주었다. 창식은 결단을 내렸다. 집에 오는 길에 창식은 헌책방에 가서 역사책뿐만 아니라 성공한 전문 경영인들의 자서전 몇 권을 사 왔다. 책을 읽으면서 역사를 분명히 상품으로 만들어 큰돈을 벌겠다는 생각을 하기 시작한 것이다.

'여행사 만들어 구경이나 하는 거 가지고는 돈이 안 돼. 역사적인 지식과 역사 경험을 가지고 이익을 낼 거야. 새로운 테마가 될 거야. 달나라에 여행 가는 상품이 비싸게 팔리고 있잖아.'

창식은 역사 쪽으로 가려던 진로를 경영학으로 바꾸었다. 놀라운 결단이었다. 바로 전화를 걸었다.

"지원아."

"왜? 어쩐 일이야? 나 개들 산책시키고 있어."

"나, 결심했어."

"뭔데? 너도 자퇴하려고?"

"아니야. 나 자퇴 안 하고 학교 다닐 거야. 그런데 난 역사학과 안 가기로 했어."

"네가 역사학과를 안 간다고?"

"나는 경영학과 갈 거야. 졸업하고 회사를 차려서 역사 관련된 회사를 만들어서 돈을 많이 벌 거라고."

"야, 그거 쉽지 않을 텐데."

"결심했어. 그러니까 너도 열심히 응원해 줘."

"알았다."

전화를 끊고 개들을 산책시키면서 지원도 살짝 충격을 받았다.

'아, 이 녀석들이 각자 뭔가 결심을 하네. 나도 가만있으면 안 되는데.'

지원도 사실은 고민이 있었다. 엄마와 아빠가 말했다.

"언제까지 개만 끌고 다닐 거야? 공부해야지. 대학교 가야 되지 않겠어?"

"엄만 대학교만 무조건 가라 그래?"

"수의학과 같은 데 가면 좋잖아."

하지만 지원은 알았다. 자신은 수의학과 갈 정도의 성적이 되지 않는 것을. 그런데도 무리한 것을 요구하는 엄마 아빠가 섭섭했다.

'어떡하지?'

지원이 다니는 학교는 인문계 학교였다. 자신이 하고 싶은 개 기르는 일이나 개를 다루는 사업은 할 수가 없었다. 오랫동안 고민했다.

'친구들은 자기 갈 길을 다 찾아갔는데 나만 왜 이러는 거지?'

개를 돌려주러 갔을 때 통장 할머니가 말했다.

"고마워. 지원 학생은 나중에 강성욱 조련사처럼 될 건가?"

"아니요. 그런데 왜요?"

"개를 잘 다루잖아. 지원 학생한테 가면 우리 개들이 스트레스가 풀려서 얌전하게 잘 자고. 조련사 한번 해봐."

"글쎄요."

"걱정하지 말고 한번 해봐. 앞으로 사람들이 개를 더 많이 기를 거라고. 세상이 외로워지고 사람들이 반려견을 기르면서 외로움을 달래려고 한단 말이야."

지원은 돌아와서 고민했다.

'개 조련사라고? 그럼 지금부터 빨리 해야 되는 거 아닐까? 유학을 가야 되나?'

영어에는 자신이 없었다. 하지만 기암성의 할아버지를 생각하게 되었다. 원하는 것에 대한 열망을 가지고 자기 암시를 해주다 보면 이루어지는 것이 아닌가.

'나는 세계 최고의 개 조련사가 되어야겠어.'

개 훈련하는 것은 기술이었다. 옛날에 아빠가 어렸을 때 사람은 기술이 하나 있어야 된다고 했던 게 기억이 났다.

'개 훈련도 기술이 되나? 기술. 훈련.'

지원은 연관 검색어들을 쳐 보았다. 순간 폴리텍 고등학교에 개 조련사 과정이 있는 것을 발견하였다.

보는 순간 눈이 휘둥그레졌다. 교실에서 국어, 영어, 수학이나 배우면서 잠만 자던 자신의 생각을 뒤집어 주는 것이었다.

'아, 이 학교 다니고 싶다.'

그 학교에 가기만 하면 누구보다 잘할 수 있을 거 같은 자신이 생겼다. 홈페이지에 나와 있는 개를 훈련시키는 사진을 보니 어설펐다.

'저게 뭐야. 내가 가서 바로 잡아야 되겠어.'

그 학교에 어떻게 전학하면 되는지를 지원은 고민하기 시작했다. 며칠 뒤 학교에 가서 선생님에게 물었다.

"선생님, 저 폴리텍 고등학교에 전학하고 싶어요."

"전학? 어떻게 하려고?"

"교장선생님이 허락해 주시면 되고요."

"부모님 허락은 받았니?"

"제가 가서 받아 오겠습니다. 저 전학시켜 주세요."

"그쪽에 가면 너는 꿈을 찾는 거냐?"

"네. 꿈을 이룰 수 있어요."

일주일 뒤에 지원은 엄마 아빠를 설득했다.

"제가 대학을 안 간다는 게 아니고요. 개 조련을 해서 외국으로 유학 갈게요. 그리고 강성욱 조련사처럼 될게요. 제가 정말 개 좋아하는 거 아시잖아요."

엄마 아빠는 고민했다.

"쟤가 개를 키우는 거를 하겠다는데 어떡하지?"

"아, 다니던 학교는 졸업하는 게 좋은데."

"여보, 그건 우리 생각이야. 요즘 애들은 자기가 싫으면 대학에 가도 삶을 내려놔 버린대."

"부모가 너무 강요하면 안 되지."

결국은 자식 이기는 부모는 없었다.

"좋아. 너 거기 가면 열심히 할 거지?"

"네. 열심히 할게요. 거기 기숙사도 있어요. 주말마다 올게요."

"좋다. 너의 생각을 믿어 볼게. 꼭 우리 아들 잘 되길 바란다."

지원이 떠나는 날 아이들은 지원을 격려해 주었다.

"야, 주말마다 내가 올게."

그러자 문준이 말했다.

"웃기시네. 네가 잘도 오겠다."

"왜?"

"너 인마, 개 기르는 걸로 우리나라 최고가 되겠다고 결심했다며? 그런데 주말에 네가 오겠어? 학교에 계속 남아서 실습하고 훈련하겠지."

"글쎄. 그건 모르겠는데 2주에 한 번씩 올게. 2주에 한 번씩."

"2주 같은 소리 하고 있네. 야, 온다고 해도 너 기다리고 있을 줄 아냐? 나도 바빠."

"맞아. 우리 다 바빠."

"하긴 그렇지."

"창식이는 공부해야 되고 문준은 돈 벌어야 되고 민혁이는 기획사에 있으니까 우리랑 만나기 힘들겠지. 하지만 나도 결심하게 된 건 너희들 덕분이야. 고맙다, 애들아."

"그래. 우리 결심해서 모두 정상에서 만나자."

문준이 씩씩하게 말했다.

"그래, 파이팅."

아이들은 그날 밤 늦게 문준이 집에서 놀다가 집으로 돌아갔다. 문준은 아이들을 보내고 생각했다.

'그래. 아이들이 다 결심하는구나. 나는 어떻게든지 기암성을 멋진 곳으로 만들어야 되겠어.'

문준은 기암성에 대한 고민을 끈기 있게 하며 결심을 다졌다.

'저 녀석들이 다 이곳을 떠나니 나라도 기암성 할아버지에게 사업 계획을 말해 드려야 돼.'

문준에겐 야망이 있었다. 기암성을 뭔가 멋진 곳으로 만들면 그 장소를 자신이 나중에 경영하고 싶은 생각이 들었다. 한 번도 책임감을 가지고 살아 본 적이 없는 문준이었기에 그곳을 청소년들을 위해 도움이 되는 곳으로 만들고 싶은 생각이 간절하게 있었기 때문이다.

'아이들은 다 떠나지만 나는 꼭 저 기암성에 남아서 이 동네 아이들에게 도움을 줘야 되겠어.'

이 동네에 있는 아이들이 꿈과 희망을 잃고 아무 생각 없이 지내는 것을 보며 문준은 결심했다.

나폴레온 힐의 부자 되는 생각 한 스푼

부자가 되기 위해서는 결단력이 중요하다고 나폴레온 힐은 주장합니다. 결단력이란 어려운 결정을 내리고, 그 결정을 추진하기 위해 꾸준한 노력을 기울이는 능력입니다. 결단력이 있는 사람들은 어려운 상황에서도 자신의 목표를 추진하며, 실패에도 계속해서 노력합니다. 결단력을 키우는 방법은 다음과 같습니다.

1) 목표를 확실히 정하세요. 명확하고 구체적인 목표를 설정하고, 그 목표를 이루기 위해 필요한 결정을 내려야 합니다.

2) 대안을 고려하세요. 어떤 결정을 내리든, 그 결정에 대한 대안을 고려해야 합니다. 이를 통해 좀 더 나은 선택을 할 수 있습니다.

3) 불확실한 상황에서도 결정하세요. 때로는 불확실한 정보만으로도 결정을 내려야 합니다. 이를 통해 긍정적인 결과를 얻을 수 있습니다.

4) 실패를 받아들이세요. 모든 결정이 성공적으로 이루어지는 것은 아닙니다. 실패를 받아들이고, 배움의 기회로 삼으세요.

5) 계획을 세우세요. 목표를 이루기 위해서는 계획이 필요합니다. 자신의 목표와 결정에 맞는 계획을 세우세요.

6) 행동에 옮기세요. 결정을 내린 후에는 바로 행동으로 옮기는 것이 중요합니다. 그러기 위해서는 계획에 따라 적극적으로 움직이세요.

이러한 방법들을 통해 결단력을 키울 수 있으며, 결단력을 가지고 목표를 추진하면 성공에 한 발짝 더 가까워질 수 있습니다.

체계적인 계획

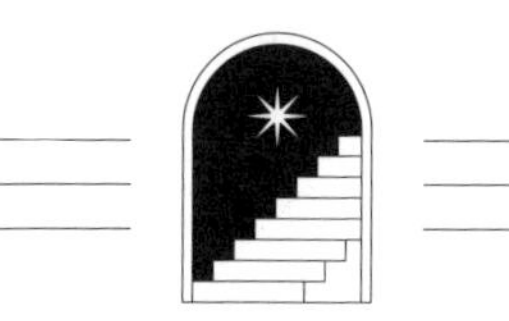

문준은 조심스럽게 기암성 안으로 들어갔다. 친구들은 모두 다 떠나고 자기 혼자 찾아온 거다. 마당엔 낙엽이 지고 있었다. 그만치 시간이 흘렀다.

"할아버지, 저 왔습니다."

"그래."

문준의 손에는 체계적인 계획이라는 카드가 들려 있었다.

"그동안 어떻게 지냈느냐?"

노인은 그동안 더 많이 쇠약해져 있었다. 하지만 눈빛만은 번쩍였다.

"할아버지, 건강은 어떠세요?"

"나는 점점 쇠약해지고 있어. 이제 마지막 희망은 너희들의 이야기를 듣는 것인데 오늘은 왜 혼자 왔느냐?"

"제 친구들은 모두 할아버지가 주신 카드대로 결단을 내렸습니다."

"그래?"

"네. 그리고 끈기 있게 자신의 갈 길들을 찾고 있어요. 지원이는 개 전문가가 되겠다고 개 전문 고등학교로 전학을 갔습니다."

"그래, 잘했구나. 기술을 가져야 사람은 살 수가 있지. 그리고 부자가 되는 거야."

"창식이는 역사만 무작정 좋아하더니 할아버지를 만나서 결단을 내렸습니다."

"무슨 결단인데?"

"학교에 남는데 공부를 더 열심히 한다고 그랬어요. 오늘도 같이 오려고 했더니 공부해야 된다고 독서실 가는 바람에 못 왔습니다."

"그래. 공부하는 것도 결단이긴 하지. 그러면 또 한 녀석 있지 않았나? 노래한다는."

"맞습니다. 민혁이는 잘 될 거 같아요."

"왜?"

"민혁이는 학교를 관뒀습니다. 자신은 음악을 해야 된다고 빨리 음악적인 재능을 살려야 된다고 기획사에 들어갔습니다."

"음, 훌륭하군. 그러면 뭐냐, 그 블랙티에슨가 뭐가 되는 건가?"

"아, 블랙핑크나 BTS같이 될 수 있지요. 하지만 민혁이는 노래를 나서서 하는 것보다는 곡을 쓰는 데 재능이 있는 것 같아요. 그래서 자신의 재능을 살리기 위해서 기획사로 들어갔습니다."

"그래. 녀석들 삶에 많은 변화가 있구나. 그런데 너는 어떻게 해서 온 거냐?"

"저는 할아버지가 주신 그 세 가지 카드를 다 실천해 보려고 했는데요, 저 역시 결단을 내렸습니다."

"뭐냐?"

"애들은 다 자기 갈 길을 갔지만 저는 할아버지가 사는 기암성에 관심이 있어요. 이 기암성을 제 아이디어로 잘 만들어 보고 싶습니다."

"그래?"

"허락해 주시면 이 기암성에서 좋은 일을 해보고 싶습니다. 할아버지 덕분에 저는 세상을 어떻게 살아야 되는지 알게 됐거든요."

"그래. 네 녀석이 타고난 장사 수완이 있는 녀석이었지?"

"네."

"체계적인 계획을 세워 왔느냐?"

"그게 좀 어려웠어요. 계획을 세우려면 아는 것이 많아야 되고 정보가 있어야 하는데 저는 고등학생이라 부족했어요. 생각도 있고 궁금한 것도 많은데 전문가를 만날 수 없었습니다."

"그래, 그러면 잠깐만 기다려라."

할아버지는 스마트폰을 들더니 어디론가 전화를 걸었다.

"김 변호사, 내 제자가 있는데 계획을 좀 짜려고 해. 그런데 이것저것 알고 싶은 게 많으니 사람들 좀 연결해 줘. 내 주소록에 있는 사람들 내가 부탁한다면 만나 줄 거야."

수화기 너머로 깍듯하게 대답하는 변호사의 목소리가 들렸다. 초기에 자동차를 망가뜨렸을 때 학교까지 찾아왔던 변호사의 목소리였다.

"회장님, 알겠습니다. 그 학생에게 제 전화번호를 주고 찾아오라고 해주십시오."

전화를 끊자 할아버지는 변호사의 전화번호를 보여주었다.

"이 사람이 비서 겸 나의 모든 재산을 관리하는 변호사야. 찾아가서 네가 계획을 세우고 싶은 것에 대해서 자문을 받아라."

"할아버지, 고맙습니다. 제가 꼭 멋진 계획을 세워 올게요."

문준은 기암성을 나오자마자 변호사와 통화한 뒤 만났다.

"회장님께서 말씀한 사람이 자넨가?"

"네."

"자동차 망가뜨린 학생이지?"

"네."

"아, 젊은 세대를 기르신다고 하시더니 고등학생일 줄은 몰랐어."

"고등학생이면 안 됩니까?"

"아니야. 회장님은 역시 멀리 내다보시는구나. 넌 어떻게 해서 회장님 눈에 들었냐?"

문준은 자신이 친구들과 함께 벌인 일을 간단하게 이야기했다.

"아, 대단한 녀석들이구나. 음, 역시 회장님은 훌륭하셔. 그래, 뭘 도와주면 될까?"

"회장님께서 돌아가시고 나면 그 집을 청소년들을 위해서 쓰실 건데 그 계획을 짜 보라고 하셨어요. 그런데 저는 전문가도 아니고 아는 게 없어서요."

"아는 게 없어? 너는 이미 회장님이 말씀하신 것을 다 실천한 녀석인데 뭘 아는 게 없어?"

"하지만 어떻게 계획을 짜야 될지 모르겠어요."

"그럼 우선 뭐가 필요하지?"

"계획 짜는 법을 알려 줄 사람이 필요해요."

"그럼 S기업에 있는 기획실장을 소개해 줄게."

"그런 분이 절 만나 줄 수 있나요?"

"그래. 또 말해 보아라."

문준은 자기가 필요한 자문을 얻고 싶은 사람들을 이야기해 주었다. 놀랍게도 변호사는 각 분야의 정상에 있는 사람들을 다 알고 있었다. 그 자리에서 전화를 걸어 약속까지 바로잡아 주었다.

"회장님 부탁입니다. 고등학생 하나가 찾아가면 상담해 주십시오."

"네, 알겠습니다."

일사천리였다. 순식간에 변호사 사무실에서 문준은 자신이 알고 싶었던 모든 것을 대답해 줄 사람들의 연락처를 얻어냈다.

"아니야. 이럴 게 아니다."

변호사가 회장에게 전화를 걸었다.

"회장님, 문준 학생이 찾아다니면서 사람들을 만나는 건 좀 어려울 것 같습니다. 제가 필요한 사람들을 모두 모아서 자문해 주도록 하겠습니다."

"알아서 하세요."

"감사합니다."

변호사가 나서서 문준에게 원하는 것이 무엇인지, 궁금한 것이 무엇인지를 물어볼 수 있는 자문회의를 잡아 준 것이었다. 현실적으로 불가능한 일이지만 그만큼 회장의 위세가 대단한 걸 알 수 있었다.

자문회의 날 회장의 당부가 있었다. 문준이가 무슨 말을 하든지 부정적인 말은 하지 말라는 내용이었다.

"고등학생이 뭘 해보겠다는 거요. 당신들이 전문가라고 그 아이의 꿈을 짓밟으면 안 되고 그 아이가 원하는 것을 할 수 있도록 긍정적인 반응과 함께 조언해 주세요."

자문회의 장소에 모인 사람들은 모두 따뜻한 눈빛으로 문준을 맞아 주었다.

"그래, 문준 학생이 원하는 건 뭐지?"

"우선 기암성 담장을 없애고 싶어요."

"담장을? 왜?"

"동네 사람들은 담장 안에 뭐가 있을까 궁금해 하면서 얼마나 부자면 저렇게 큰집에 살까 위화감을 느낄 거 같아요. 그곳은 할아버지가 청소년들에게 꿈을 주는 곳이라고 했기 때문에 담장부터 없애고 누구나 드나들 수 있는 공간이 되면 좋겠어요."

그 얘기를 듣던 건축사가 메모를 하고는 쓱쓱 디자인을 하기 시작했다.

"그리고 할아버지께서는 동네에 힘없고 가난한 아이들에게 꿈을 주라고 하셨어요. 아이들이 보고 배운 것이 없기 때문에 그곳에 많은 훌륭한 분들이 오셔서 일하고 활동하는 것을 보여주면 아이들에게 자연스럽게 자극이 될 거 같아요."

"어, 롤모델이 필요하다는 거지? 롤모델 인프라."

"아이들이 언제든지 들어가서 쉴 수 있고 놀 수 있는 공간이면 좋겠어요."

문준은 자신이 평상시에 생각했던 것들을 하나하나 털어놓았다. 전문가들은 그때마다 받아 적으며 문준이 짠 계획에 적극적으로 도움을 주었다.

"아, 우리도 젊은 아이들의 이야기를 들었어야 돼. 이렇게 참신한걸."

전문가들은 문준의 말을 들으며 서로 고개를 끄덕였다.

회의는 세대 간 공감을 일으키며 서로 몰랐던 것을 알게 해 주는 시간이 되었다.

일주일 뒤 마침내 문준은 친구들을 모두 모았다. 일요일이었기 때문이다. 개 전문가로 집에도 오지 않고 개 훈련을 하던 지원이도 모처럼 돌아왔고 창식이는 학원 간다는 걸 빼고 나타났다. 창식이는 성적이 부쩍 올라 있었다. 꿈이 분명해졌기 때문이다. 게다가 민혁이조차 기타를 메고 기암성에 모습을 드러냈다. 네 아이가 나타나자 할아버지는 더 쇠약한 몸으로 간신히 침대에 앉았다.

"그래. 문준이가 리더가 돼서 체계적인 계획을 세웠다니 어디 한번 보자."

"할아버지 덕분에 전문가들을 만나서 많은 계획을 세울 수 있었고요, 많이 배웠습니다."

"그래."

"할아버지, 저는 이 기암성을 아이들이 부자가 되는 집으로 만들고 싶어요."

"부자가 되는 집?"

"네. 부자라는 게 남의 돈을 빼앗거나 못되게 굴어서 되는 이미지가 있지만 진정한 부자는 할아버지 같은 분이에요. 이곳을 부자 되는 법을 배우고 부자로 커 나가는 곳으로 만들고 싶습니다."

문준은 체계적으로 계획을 세웠다.

"5층 건물로 지어서 지하에는 각종 청소년들이 수영할 수 있거나 운동할 수 있는 시설로 만들고 싶어요. 그리고 4층에는 이 동네 아이들의 보호소를 만들고 싶습니다. 가난한 아이들이 먹지 못하고 보호받지 못할 때 와서 쉴 수 있는 쉼터가 있었으면 좋겠어요. 그리고 지하 1층에는 식당이라든가 아이들이 먹고 뛰어놀 수 있는 곳을 만들면 좋겠습니다."

계획은 정말 다양했다. 각종 문화센터뿐만 아니라 예술 활동을 할 수 있었다. 그리고 더 놀라운 것은 1층을 모두 상가로 만든 것이었다.

"이걸 상가로 만든 건 너의 계획이냐?"

"네, 할아버지 돌아가시면 이 건물 자체로 운영할 수 있어야 할 것 같아서요. 다행히 여기 위치가 좋아서 제 생각에는 이곳에 사무실이나 카페를 내주면 수익이 발생할 것 같았어요. 그래서 1층과 2층은 사무실과 카페로 수익을 올리면 한 달에 5천만 원은 임대료가 나올 것 같습니다. 한 달에 5천만 원이면 이 건물을 충분히 관리할 수 있고요."

할아버지는 웃기 시작했다.

"허허허! 김 변호사, 자네가 가르쳤나?"

"아닙니다. 문준 군이 다니면서 시장조사를 다 해왔습니다. 할아버지 돌아가셔도 이 건물 자체에서 수익이 나면서 돌아갈 수 있게 하는 방법이 없냐기에 저희 전문가들도 깜짝 놀랐습니다."

"하하하, 계속해 봐. 계속해 봐."

그리하여 문준은 자신이 생각한 계획을 모두 말했다. 그러자 옆에 있던 지원이 나섰다.

"아, 할아버지. 그리고 이 마당 한쪽 구석에는 반려견 센터를 만들고 싶습니다."

"반려견 센터라니?"

"개를 좋아하는 아이들이 와서 반려견을 훈련시키고 미용하는 방법을 배워서 기술자로 살아가게 하고 싶어요. 앞으로 우리 사회에 반려견 산업이 엄청나게 클 것이니까요."

"그래. 그거 좋다."

민혁도 말했다.

"회장님, 지하 2층에 있는 극장 운영은 제가 우리 SN기획에 얘기해서 자매결연을 맺게 하겠습니다. 연예인이 되고 싶은 아이들이 모두 이곳에서 와서 춤추고 노래하면서 훈련받을 수 있게 하겠습니다."

"아이고, 녀석들. 그것도 좋다."

결국 그날의 발표회는 성공리에 끝이 났다. 할아버지는 흐뭇한 얼굴로 말했다.

"그래. 너희들 수고했다. 김 변호사, 잘 들었지? 이 내용대로 유언장을 꾸며 주시오."

"네."

"그리고 이 모든 책임자는 문준이로 정해서 자문 역할을 하게 하세요. 아직 문준은 미성년자니까 성인이 되면 이곳에 법인을 만들어서 대표이사를 시키고."

"아니, 스무 살짜리를 말입니까?"

"내가 청소년들을 위한 거라고 했잖소. 늙은이들이 앉아 봐야 쓸데없는 거만 생각하니까."

"알겠습니다."

"그리고 자문위원들 모두 이사로 집어넣고. 다 나에게 신세 진 사람들이니까 내 신세를 갚으려면 문준이를 도와 이곳을 진

짜 부자 만드는 사관학교로 만들어 주도록 해."

"알겠습니다."

그렇게 하여 이제 네 아이뿐만 아니라 이 지역에 사는 청소년들에게 부자의 꿈을 심어 줄 수 있는 멋진 계획이 생겼다.

"부자가 되려면 말이다. 얘들아, 체계적인 계획을 세울 줄 알아야 돼. 주먹구구는 안 된다. 문준이 너는 이번에 계획을 세우면서 많은 것을 느꼈을 게야."

"할아버지, 저도 창식이처럼 열심히 공부하려고요. 저 역시 경영학과에 갈 생각입니다."

"너희들은 이미 대학 간 거보다 더 많은 것을 배웠다. 나의 수제자들 아니냐. 하하하하!"

이때 민혁이 손을 들고 질문했다.

"할아버지, 저희들이 이렇게 될 줄 아셨습니까?"

"알고 있었지."

"어떻게요?"

할아버지는 기암성에서 오래도록 아이들이 지나다니는 것을 유심히 보았다고 했다.

"우아, 할아버지 정말 대단해요."

"나는 다 계획이 있었다. 자, 이제는 모두 물러들 가라. 김 변호사는 유언장 잘 작성해 주도록 하고."

"알겠습니다."

아이들은 모두 기암성에서 나왔다. 자신들이 바로 이 기암성에서 꿈을 이룰 것이라는 희망에 부푼 채로.

그로부터 일주일 뒤 할아버지는 이 세상을 떠났다. 김 변호사로부터 연락을 받은 아이들은 할아버지의 장례식장을 끝까지 지켰다. 장지로 가는 영구차는 마지막으로 기암성을 한번 들러서 지나갔다. 이제 이 저택의 주인은 사라졌지만 그 안에는 부자를 꿈꾸는 청소년들의 즐거운 소리가 머지않아 가득 찰 것이었다.

나폴레온 힐의 부자 되는 생각 한 스푼

나폴레온 힐의 부자가 되는 계획에는 다음과 같은 단계가 포함되어 있습니다.

① 목표 설정

부자가 되기 위해서는 명확하고 구체적인 목표를 설정해야 합니다. 이를 위해서는 부의 정의를 명확히 이해하고, 부자가 되기 위해 필요한 금전적인 목표와 자신의 인생에 대한 비전을 정의해야 합니다.

② 계획 수립

목표를 이루기 위해서는 체계적인 계획이 필요합니다. 이를 위해 자신의 강점과 약점을 파악하고, 자신에게 필요한 정보와 지식을 습득하며, 성공적인 사람들을 모델로 삼아서 공부하고 배우는 것이 중요합니다.

③ 실행

계획을 수립한 후에는 실행하는 것이 매우 중요합니다. 실행에 있어서는 부지런하게 노력하고, 끈기를 가지며, 적극적으로 문제를 해결하고, 실패에 대해서도 긍정적으로 생각하는 것이 필요합니다.

④ 검토와 수정

계획 실행 중에는 항상 검토와 수정이 필요합니다. 자신의 계획이 잘 되고 있는지를 확인하며, 필요에 따라 수정을 하는 것이 중요합니다.

⑤ 인내와 끈기

부자가 되기 위해서는 인내와 끈기가 필요합니다. 성공을 위해서는 시간과 노력이 필요하며, 실패와 장애물을 극복해 나가는 인내와 끈기를 가져야 합니다.

⑥ 지식과 경험의 적극적인 활용

성공적인 부자들은 항상 자신의 지식과 경험을 적극적으로 활용합니다. 새로운 것을 배우고, 경험을 바탕으로 자신의 계획을 수정하며, 항상 더 나은 것을 추구하는 것이 중요합니다.

나폴레온 힐이 제시한 부자가 되는 방법을 익히고 열심히 따르면 누구나 부자가 될 수 있습니다.

나폴레온 힐(Napoleon Hil, 1883~1970)

미국 버지니아 주의 와이즈 컨트리에서 태어난 나폴레온 힐은 지역 신문사의 서기로 근무했고, 탄광과 야적장의 매니저를 맡기도 했으며, 변호사가 되기 위해 법대에 입학하기도 했다.

그러던 중 학비를 마련하기 위해 신문사 및 잡지사에 글을 기고하다 앤드류 카네기를 만나면서 인생의 전환점을 맞이하게 된다.

카네기는 그 누구라도 따르고 실천할 수 있는 원리가 성공으로 이어질 수 있을 것이라 믿었고, 그러한 원리를 발견하기 위해 위대한 기업가들을 인터뷰할 것을 힐에게 제안했다.

힐은 도전을 받아들였고, 20년에 걸쳐서 앤드류 카네기가 건네 준 성공한 기업가 507명을 직접 인터뷰하고 조사하여 성공의 원리를 정리하여, 20세기 최고의 성공 철학서로 평가받는 《Think and Grow Rich》를 출간했다.

이 책은 나폴레온 힐의 뜻에 따라 초판 출간 당시 저작권 무료로 많은 사람들이 볼 수 있도록 보급되었다.

나폴레온 힐은 일생 동안의 연구와 강연, 저술 활동을 통해서 미국을 비롯해 전 세계적으로 성공 철학의 거장이 되었고, 특히 개인의 성취와 동기 부여 분야에서 위대한 업적을 남겼다. 앤드류 카네기, 토머스 에디슨, 헨리 포드, 마셜 필드, 윌리엄 듀런트, 월터 크라이슬러 등 세계 최대 거부들의 경험이 그가 성공 철학의 대가가 되게 하는 밑바탕이 되었다.

주요 저서 《Think and Grow Rich》, 《The Law of Success》은 오늘날까지도 베스트셀러 자리를 차지하고 있으며, 전 세계적으로 5,000만 부 이상 팔려나갔다. 또한 1960년에는 성공을 위한 실천 프로그램 PMA(Positive Mental Attitude)를 완성하여 보급하였으며, 윌슨 대통령 홍보 담당 비서관과 루스벨트 대통령 고문관 등을 역임했다.

1970년 사우스 캐롤라이나에서 88세의 일기로 생을 마친 후 그의 유지를 이어 '나폴레온 힐 재단'에서는 그의 연구 결과와

저술서를 중심으로 더 많은 사람들에게 성공 철학과 실천 프로그램을 보급하고 있다.

출처: [네이버 지식백과] 나폴레온 힐[Napoleon Hill] (해외 저자 사전, 2014. 5.)

앤드류 카네기(Andrew Carnegie, 1835~1919)

스코틀랜드 던펌린에서 태어났다. 직조공이었던 그의 부친은 수동식 직조기를 이용하는 작은 가내 공장을 운영했는데, 1847년에 증기식 직조기가 도입되면서 하루아침에 생계가 어려워지고 말았다. 앤드류는 어린 나이에도 어서 돈을 벌어 가난을 벗어나야겠다고 결심했다.

이듬해 1848년에 카네기 일가는 결국 고향을 떠나 이민선에 몸을 실었고, 미국에 도착해서는 펜실베이니아 주 피츠버그 인근에 정착했다. 당시 13세였던 앤드류는 주급 1달러 20센트를 받고 면직물 공장에 들어가 일했으며, 다른 공장으로 자리를 옮긴 뒤에는 운 좋게 공장주의 눈에 들어 사무 보조도 담당한다. 학력이라곤 초등학교를 다닌 것이 전부였지만, 카네기는 남다른 근면과 성실을 발휘하여 상사의 호감을 샀다.

1853년에 카네기는 전신국의 단골 손님인 펜실베이니아 철도 회사의 피츠버그 지부장 토머스 스콧에게 스카우트된다. 스콧은 철도 업무뿐만 아니라 투자에 관해서도 조언하는 등, 카네기에게 더 큰 기회로 통하는 문을 열어 준 은인이었다. 1855년에 부친이 사망하자 앤드류 카네기는 20세에 집안의 가장이 되었다.

1856년에는 우연한 기회에 철도 침대차 사업에 투자해 처음으로 거금을 벌어들인다. 1859년에 카네기는 스콧의 뒤를 이어 펜실베이니아 철도회사의 피츠버그 지부장으로 승진했고, 이때부터는 제법 재산을 모아 부유층으로 행세할 수 있었다.

1861년에 남북전쟁이 발발하자 카네기는 전쟁부에서 일하던 스콧을 따라 워싱턴으로 향했고, 자기 분야에서의 경험을 살려 철도와 전신 복구 업무를 담당한다. 카네기는 미국 석유 산업 초기의 산유지로 유명한 타이터스빌의 석유 회사에 거금을 투자해서 막대한 이득을 얻었고, 이는 훗날 그가 본격적인 사업을 시작하는 밑천이 되었다.

1863년에 카네기는 키스톤 교량 회사를 공동 설립함으로써 철강 분야에 처음으로 뛰어든다. 30세 때인 1865년에는 자기 사업에 전념하기 위해 12년간 몸담았던 펜실베이니아 철도 회사에서 퇴직했다. 1867년에는 유니온 제철소, 1870년에는 루시 용광로 회사를 연이어 설립하며 사업의 폭을 넓혔다.

카네기가 훗날 '강철왕'이라는 별명을 얻게 된 까닭은 미국에서 강철의 대량 제조 및 유통을 실현시켰기 때문이다. 카네기는 1875년에 미국 최초의 강철 공장인 에드거 톰슨 강철 회사를 설립했고, 이 과감한 투자는 곧바로 큰 성공으로 이어졌다.

카네기는 여러 분야의 자선 사업을 관장할 기구를 조직해서, 1902년에 카네기 협회, 1905년에 카네기 교육진흥재단, 1910년에 카네기 국제평화재단, 1911년에 카네기 재단이 설립된다.

제1차 세계대전이 발생한 1914년에 카네기는《자서전》을 완성했고, 5년 뒤인 1919년 8월 11일에 매사추세츠 주 자택에서 사망했다. 그가 말년에 보유했던 4억 8천만 달러의 재산 가운데 약 4분의 3에 해당하는 3억 5천 달러는 이미 사회에 환원된 다음이었다.

카네기의 수많은 자선 사업 중에서도 가장 돋보이는 것은 도서관 건립 사업이었다. 1881년에 카네기의 고향 던펌린을 시작으로 미국과 영국에서 2천 5백 개 이상의 도서관이 세워졌다. 1900년에는 카네기 공과 대학(현재는 카네기 멜론 대학)이 설립되었고, 1891년에는 지금까지도 세계적인 공연장으로 유명한 카네기 홀이 개관했다.

카네기가 쓴 책으로는 부자의 사회적 책임을 역설한《부의 복음》(1889)이 당대에 크게 주목을 받았고,《자서전》(1914)에는 흥미진진한 일화가 많지만 상당 부분은 자화자찬과 고의적 왜곡에 불과하다는 비판도 받는다. 1908년에 카네기는 언론인 나폴레온 힐에게 자수성가한 사람들의 공통분모를 한번 찾아보라고 제안했는데, 그 결과로 힐은 긍정적 사고방식의 중요성을 역설한 대표작《성공의 법칙》(1928)과《생각하면 부자가 된다》(1937)를 썼다.

출처: [네이버 지식백과] 앤드류 카네기[Andrew Carnegie]

- 미국의 기업인 겸 자선 사업가(인물 세계사, 박중서)